Manfred Rebhandl

Erster Mai

Rock Rockenschaub löst
auf alle Fälle alle Fälle

Manfred Rebhandl

Erster Mai

Ich wachte vom Baulärm auf, schälte mich aus dem Bett, ging zum Fenster und schaute auf das Haus gegenüber. Ein verdammter Investor hatte es übernommen und mit dem Haus auch die Wohnung meines Kumpels Ringo, der dort ohne rechtes Bein, dafür aber mit unbefristetem Mietvertrag wohnte. Aber wie lange noch?

Die Masche, mit der diese Geldsäcke alte Mieter mit gültigen Verträgen rausekelten, war immer die gleiche: Sie rockten das Haus mit Balkanmethoden herunter und eröffneten zunächst im Keller ein Schlaflager für illegale Bauarbeiter. Dann brachte man ein paar Extrapostkästen für Scheinfirmen an, was wiederum Stiernacken anlockte, die einmal pro Woche mit ihren Verbrecherkutschen vorfuhren, um sich die Post vom Finanzamt oder der Sozialversicherung für ihre Scheinfirmen abzuholen. Die fälligen Beiträge wurden aber erst recht nicht bezahlt.

Am Wochenende kamen dann dieselben Stiernacken mit minderjährigen Mädchen, deren Dienste sie halbstundenweise an die Bauarbeiter unten im Keller verkauften. Dabei ließen sie ihre Verbrecherkutschen gerne eine halbe Stunde lang mitten auf der Straße bei laufendem Motor stehen, während sie selbst sich gemütlich in die Hose fassten. Bald stand Tag und Nacht das Haustor offen, sodass sich herumsprach, dass man darin gratis pissen und kacken konnte, am besten gleich im Stiegenhaus.

Dann zogen die ersten Mieter aus, weil sie den Gestank nicht ertrugen, während immer mehr Junkies der Umgebung das Haus nutzten, um sich darin ihren Stoff reinzuziehen. In den bereits geräumten Wohnungen ließ man verlauste Punks wohnen, die die *Einstürzenden Neubauten* hörten, obwohl es doch ein Altbau war, der bald abgerissen werden sollte. Die nächsten

Mieter hatten genug und zogen aus, weil sie den Lärm nicht ertrugen, und die, die noch nicht genug hatten, wurden speziellen Methoden unterzogen: Man hängte den Gatten Kopf voran aus dem Fenster, bis die Gattin die Kündigung unterschrieb – auch wenn sie lieber auf den Gatten verzichtet und dafür die Wohnung behalten hätte!

Waren am Ende alle draußen, rissen ein paar illegale Rumänen alles nieder, was ein paar Böhmen mit vielen Ziegeln vor hundert Jahren errichtet hatten. Wer gut im Raten war, der wusste, dass statt des Gründerzeithauses bald Luxusimmobilien entstehen würden, die nur jemandem gehörten, in denen aber niemand wohnte. Die Polizei interessierte sich nicht dafür, und das Bauamt war korrupt bis hinauf zum Chef des Bauamts.

Während ich aus meinem Fenster hinüber auf dieses Haus schaute, fragte ich mich wieder einmal, was eigentlich aus dem guten alten, roten Wien geworden war? Anstatt den Spekulanten die Eier abzuschneiden, ließen sich die Spitzen der Stadt von Verbrechern aus einschlägigen Herkunftsländern sowie heimischen Steuerschonern in den Arsch ficken. Jemand musste endlich etwas dagegen tun!

Ich schrie hinüber: „He! Ein Mensch muss auch mal ausschlafen können!“ Aber wegen des Lärms hörte mich keiner, also ging der Lärm einfach weiter.

Wo ich nun aber schon mal wach war, leimte ich mich für das Werk des kommenden Tages zusammen: Ich wählte den gelben Jogginganzug mit Kapuze zu weißen Socken, trank einen ersten Becher Russenschnaps und rauchte einen ersten Joint. Ich steckte mir die Bleispritze in die Unterhose und schlüpfte in die blauen Adiletten, weil ich wegen eines Hühnerauges zurzeit keine Tanzschuhe tragen konnte.

Ich schwang mich hinunter und querte die Straße hinüber zum Abbruchhaus, an dem eine riesige Tafel angebracht war mit dem Namen des neuen Eigentümers: ALPESTE-Developing GmbH. Na klar! Wenn es keine Developing GmbH war, dann galt es nicht! Dazu eine detaillierte Auflistung der zu errichtenden Wohneinheiten. Überraschenderweise sollten es zweiunddreißig Luxuseigentumsappartements werden.

Die Eingangstüre war ruiniert und stand offen. Ich trat ein und bewegte mich langsam die Treppe hinauf. Die alten Elektroleitungen waren bereits herausgerissen, die alten Gasleitungen aufgestemmt, nur noch ein paar Holzverstrebungen hielten die Bude überhaupt zusammen.

Endlich sah ich einen, der wie ein Bauarbeiter aussah, aber in Wahrheit ein Balkanmafioso war. Ich winkte ihn zu mir und deutete nach oben zur Decke. Dabei fragte ich ihn, ob man die wunderschöne Lampe eventuell mitnehmen könnte, wo man schon mal hier war. Als er dort oben aber keine Lampe sah, weil dort oben keine Lampe war, nahm ich ihn beim Eiersack und fuhr ihm noch mit den Fingern in die Augen. Es war unglaublich, dass immer noch jemand auf den alten Trick hereinfiel! Mit der linken Hand drückte ich ihm gegen die Kehle und prüfte mit der rechten seinen Hosenbund, und siehe da – ich fand ein Messer und einen Schlagring: das Handgepäck durchreisender Balkanmafiosi.

„Wer du?“, fragte ich vielleicht eine Spur zu Balkanesisch.

„Ich Mirco.“

Er konnte aber auch Dragan heißen oder Zlatan. Wichtiger war ohnehin etwas anderes: „Wem gehören Haus?“

„Nix verstehen! Nix wissen!“ Er versuchte es also mit den bekannten Stehsätzen.

Ich verlegte meine Linke an seinen Schritt und drückte ordentlich zu: „Du verstehen alles, und du wissen mehr als nix, ich sein sicher!"

„Bissi mehr vielleicht", stöhnte er. „Aber du sein diskriminierend, weil du reden mit mir in Blödsprache."

War das also auch schon bei einem hundert Kilo schweren Balkankiller angekommen, dass man so nicht mit ihm reden durfte, nur weil er sich am Ende vielleicht „verletzt" fühlen konnte?

Ich sagte: „Ehre, wem Ehre gebühren, Blödi. Und jetzt hör zu: Entweder du redest oder du bist bald ein Eunuche. Falls es dich interessiert: Das ist ein Typ, der früher ein Mann war."

Ein Geschlecht, mit dem man sich übrigens noch nicht beim Amt eintragen lassen konnte.

Ich verstärkte den Druck: „Also, wem gehört das Haus?"

„Heißt Altsteinbär", keuchte er endlich.

„Altsteinbär? Bist du dir da ganz sicher?"

„Ja!"

„Will alter Steinbär auch das Haus vom alten Drogenbär gegenüber kaufen?" Der alte Drogenbär war mein Freund Lemmy, dem das Haus gehörte, in dem ich wohnte.

„Ich nix wissen."

„Du lügst!" Ich drückte kräftiger zu.

„Will alle kaufen Häuser!", wusste er plötzlich.

„Will kaufen alle Häuser!", korrigierte ich ihn, bevor ich ihm eine in die Visage drosch, die ihn zu Boden sinken ließ. Dort ließ ich ihn liegen und schraubte mich weiter die Treppe hinauf. Da wusste ich noch nicht, wie sehr mich das Treppensteigen die nächsten Tage beschäftigen würde.

***

Die Türe zu Ringos Wohnung im dritten Stock war aufgebrochen worden und stand halb offen. Ringo hieß nicht nach dem Drummer der *Beatles*, sondern nach dem Hund seiner Mutter. Er war hier der letzte verbliebene Mieter und hielt die Ehre der Sozialhilfeempfänger hoch. Davon kaufte er sich Gras bei Lemmy, meistens sein *Origano Speziale*, das ihn in einen verlässlichen Dämmerschlaf versetzte. Aber nun schlief er nicht, denn ich hörte ängstliches Wimmern aus seiner Bude: „Bitte nicht! Bitte, bitte nicht!"

Vorsichtig trat ich ein. Mit der Bleispritze voran bewegte ich mich weiter ins Innere der Zweizimmerwohnung und kam in den finsteren Raum, dessen einziges Fenster zum Lichthof hinausführte, aus dem allerdings nur wenig Licht hereinkam. Dort checkte ich die Lage: Ein Stiernacken stand bei diesem Fenster und hielt einen Fuß zwischen seine mächtige Brust und seine massigen Arme geklemmt. Mir war sofort klar, dass es Ringos verbliebener Fuß sein musste, an dem er ihn da festhielt, und dass der Rest von ihm Kopf voran beim Fenster hinaushing.

„Hände hoch oder ich schieße!" wäre also in diesem Moment die schlechteste Ansage gewesen. Denn einen Motorradunfall auf Kreta konnte man überleben – wenn auch ohne rechtes Bein! –, nicht aber einen Sturz aus dem dritten Stock in den Lichthof dieses Hauses. Ich entschied mich also für ein dezentes „Psssst", worauf der Stiernacken sich langsam zu mir drehte und in die Mündung meiner Bleispritze schaute. Sie gefiel ihm nicht.

Ich deutete ihm, dass er Ringo wieder hochziehen sollte, was er ohne die geringste Anstrengung auch tat. Als er ihn wieder auf den Boden in seiner Wohnung stellte, fiel Ringo allerdings um.

Im Liegen stammelte er: „Rock! Da unten liegen schon zwei andere!"

Bevor ich nachsehen konnte, wer da unten im Lichthof schon lag, spürte ich einen harten Schlag gegen meinen Schädel. Und dann sah ich nur noch Sterne.

***

Ich wachte in den Armen eines Sandlers auf, was mir ein wenig peinlich war. Er beträufelte mein Gesicht mit einem nassen Fetzen, den er normalerweise in seinem Schuh trug, damit er ohne Blasen durch den Sommer kam. Kurz fragte ich mich, wovon dieser Fetzen so nass war – von meinem Schweiß oder von seinem? Themenwechsel!

„Hast du zwei Euro?“, fragte er mich.

„Woher denn nehmen?“, fragte ich zurück. Dann fiel mir wieder ein, warum ich überhaupt hier war: „Hast du Ringo gesehen?“

„Den Einbeinigen?“

„Genau den!“

„Heute noch nicht. Aber hör zu, hast du nicht vielleicht was zu trinken?“

„Wasser?“

„Doch nicht Wasser!“

„Dann habe ich was.“

Ich rappelte mich hoch und fasste in meine Brusttasche, in der mein Flachmann steckte. Er leerte ihn gierig, während ich zum Fenster stolperte, mich hinauslehnte und hinunter in den Lichthof schaute, wo ich Ringo auf dem ganzen Haufen Bauschutt liegen sah. Eine Eisenstange hatte sich durch seinen verbliebenen, linken Oberschenkel gebohrt, was mit dem vielen Blut daneben nicht gut aussah. Der Rumäne (oder was er am Ende war) hatte ihn einfach hinausgeworfen, nachdem mir zuvor ein Zweiter das Licht ausgeblasen hatte. Danach waren sie getürmt, zwei Reisende in Sachen Körperverletzung und Mord, die gegen ein wenig Bargeld kleinere und größere Jobs auf dem Kontinent erledigten. Ein stets wachsender Arbeitsmarkt und verdammt lukrativ im Vergleich zu einem Drecksjob in einer Fleischfirma, wo der Rest ihres Volkes arbeiten musste. Wenn du mit Sklavenarbeit kein Geld mehr verdienen kannst, dann versuchst du es halt irgendwann bei der Mafia.

Ich lief wie eine alte Kuh die Treppen hinunter und wollte wie ein Geißlein bei der Türe im Erdgeschoß zum Lichthof hinaus. Aber die war durch heruntergeworfenen Müll versperrt. Also kämpfte ich mich wieder zurück in den ersten Stock und stieg durch das Fenster hinaus auf den ganzen Dreck, wo ich mir erst mal eine anzündete.

Schließlich stand ich neben Ringo und schaute ihm ins Gesicht, dann auf sein verbliebenes Bein. Interessanterweise klagte er über Phantomschmerzen in seinem verlorenen Bein, während ich ihm versicherte, dass sein anderes Bein gerade das größere Problem war.

Er fragte: „Werd ich es schaffen?“

Ich sagte: „Aber sicher.“

Ich rief die Bullen und dann die Sanitäter, von denen ich hoffte, dass sie das viele Blut, das er gerade verlor, wieder in ihn hineinkriegten. Sicher war ich mir aber nicht mehr. Da war eine Menge Blut, und es sollte nicht einfach so aus ihm herauslaufen.

„Rock, in meiner Hosentasche sind noch ein paar Euros“, hörte ich ihn plötzlich sagen. „Kannst du damit zu Richie hinaufgehen und eine gute Wette für mich platzieren? Morgen ist Erster Mai, da laufen die Einjährigen in der Krieau.“ Er meinte das Traberrennen, das wir uns traditionell an jedem Ersten Mai gemeinsam anschauten.

Ich fasste in seine Hose, die voller Blut war, und holte die paar Münzen heraus, insgesamt keine fünf Euro.

„Das werde ich für dich tun, Ringo, ich werde für dich auf den Sieger setzen. Und mach dir vor allem keine Sorgen, mein Freund. Alles wird gut."

Dann kippte er weg.

***

Staub wehte in meine Augen, als ich die Straße zurück zu unserem Haus querte. Ich schob mir die alte Carrera-Sonnenbrille auf die Nase und schaute zum Himmel hinauf. Der war blau, aber irgendwo da oben zogen bestimmt schon wieder die nächsten Wolken heran. Und was soll ich sagen? Da waren sie schon!

Ich sah, wie ein mobiles Klo aus zwei Meter Höhe von einem Lastwagen auf den Gehsteig geschleudert wurde, direkt vor Lemmys Türe, die ins *Quattro Stazione* hinunterführte. Aus dieser ehemaligen Pizzeria im Souterrain des Hauses heraus verkaufte er seine Grassorten *Vaya Con Dios* und *Origano Speziale* – bei den Sozialhilfeempfängern der Gegend gleichermaßen beliebt wie bei den verrückten Bobomüttern, die sich hier immer weiter ausbreiteten.

Es machte einen ordentlichen Rumms, und der Eingang zu seinem Loch war beinahe vollständig zugestellt. Ich schrie zum Kranwagenführer hinauf: „Könnt ihr eure Scheißhäuser nicht woanders abstellen?"

Aber er schrie nur zurück: „Nix verstehen!"

Lemmy hatte das abgerockte Haus am Wiener Brunnenmarkt vor ein paar Jahrzehnten gekauft, als die Grasgeschäfte noch gut liefen und einem die Häuser hier für einen Sack Zwiebeln und eine Stange Sellerie nachgeschmissen wurden. Ich hatte den Zweitschlüssel für sein Kellerloch, seit wir Freunde waren und er mir im ersten Stock eine kleine Bude vermietete, deren Fenster werbewirksam auf den Brunnenmarkt hinausgingen und für die ich keine Miete zahlte. In den Dreck der Fenster hatte ich mit einem Finger hineingeschrieben:

SUPERSCHNÜFFLER ROCK ROCKENSCHAUB
Löst auf alle Fälle alle Fälle
0–24 Uhr

Erst zu spät hatte ich gemerkt, dass sich das Firmenschild von außen spiegelverkehrt las. Scheiß doch der Hund drauf!

Bei Lemmy unten roch es schon in guten Zeiten nicht so gut, in schlechten Zeiten aber war das Raumklima unerträglich. Im Winter, wenn er den Schwedenofen anheizte, stank es wie am Arsch des Teufels, im Sommer wurde sein Loch zu einem Sammelbecken der Düfte, die sich von der Straße zu ihm hereindrängten. Aber nicht Jasmin und Tausendundeine Nacht, sondern Zwiebel und Hundepisse. Im Mai konnte es zwischendurch sogar ganz angenehm riechen, weil da der Duft des Wiener Flieders die Stadt dominierte. Dazu kamen die Maiglöckchensträuße, welche die Blumenmädchen aus Rumänien verkauften, wenn sie nicht gerade irgendwo betteln mussten oder mit ausgefeilten Tricks irgendwelche alten Männer um ihre Ersparnisse brachten. Manchmal nahm ich ihm einen Strauß mit, dann freute er sich darüber und fragte, wie man das Zeug rauchen könne.

Als ich die Türe öffnete, roch es aber nicht nach Maiglöckchen und *Origano Speziale*, sondern nach Kälte und Tod, nach Lemmys Abwesenheit. Und das machte mir Sorgen.

Vor drei Tagen noch hatten wir über dem Hauseingang die Fahne für die morgigen Feierlichkeiten zum

Ersten Mai angebracht. Aus diesem Anlass hatten wir ordentlich was geraucht und auch ordentlich was getrunken, waren aber trotzdem nicht von der Leiter gefallen, wie uns die herumstehende, zugewanderte Jugend prophezeit hatte. Danach war ich auf einen Sprung zu meinem Brotha Lovegod nach Bratislava hinübergefahren, der nicht mein Bruder war, aber eben mein Brotha. Ich wollte mit ihm ein paar Hotdogs futtern und ihm seinen neuen, gefälschten Reisepass bringen, den ich für ihn über *Richie Richs Wettbüro* oben am Gürtel organisiert hatte. Den brauchte er, um endlich vollwertiges Mitglied der EU zu werden mit Anspruch auf Sozialleistungen auch für seine Kinder, von denen er mittlerweile fünf hatte, von fünf verschiedenen Osteuropäerinnen. „Dafür hast du etwas gut bei mir!“, hatte er gesagt.

Als ich gestern früh zurückkam in die Hood, war Lemmy nicht mehr da. Das war noch nie vorgekommen, seit ich hier wohnte. Viel öfter kam es vor, dass er tagelang da unten in seiner speckigen Lederhose auf seiner versauten Ledercouch saß und sich nicht rührte, weil er von einem Drogencocktail, den er sich aus weiß der Teufel was zusammengebraut hatte, so breit war, dass er sich nicht mehr rühren konnte. Außerhalb seines Verkaufsraums aber bewegte er sich nur, wenn ich ihn zur Samenspende brachte oder hinauf zu Dirty Willi ins *Swedish Pornhouse*, wo er sich einmal im Jahr alte *Jack-Schleck*-Filme anschaute, um sich daran zu erinnern, wie eine Frau nackt aussah. Oder ich machte eine Ausfahrt mit ihm in meinem mintgrünen Datsun 280ZX, wenn ich ihn wieder einmal durchlüften musste. Dann hielt er den Schädel bei der Beifahrerseite hinaus und war glücklich wie der Hund eines Motorradfahrers, der im Beiwagen mitfahren durfte. Dass er ohne mich außer Haus ging, das kam hingegen nie vor.

Ich trat ein und schaute mich auf der Suche nach Hinweisen und Spuren um. Da lagen seine Zähne auf dem Boden! Und einer seiner Cowboystiefel auch, der andere aber nicht. Seine Stiefel zog Lemmy nie aus, auch nicht zum Schlafen. Hatte er sich also gewehrt, als man ihn wegbrachte, und dabei einen seiner Stiefel verloren? Möglich war es!

Plötzlich wurde mir klar, wie wichtig Lemmy für mich war. Nicht nur als Drogenlieferant, sondern auch als Hausherr und Vermieter. Wo sollte ich pennen, wenn das Haus in die Hände eines Investors fallen würde, der mich beim Fenster hinausgehängt hätte, bevor ich die freiwillige Kündigung unterschrieb? Würde ich bald einer der vielen Obdachlosen der Stadt sein, die in ihrem eigenen Dreck schlafen mussten? Panik beschlich mich.

Ich ging zum Plattenspieler, auf dem sich noch immer beständig der Plattenteller drehte, hob die Nadel vom Vinyl und schaltete ihn aus. Dann gab ich „Made in Japan“ von *Deep Purple* zurück in die Hülle und stellte das Album ins Regal.

***

Gegen Ende des Monats wurde bei uns allen das Geld immer ein wenig knapp, so wie bei Ringo, der dann immer nur noch ein paar kleine Münzen übrig hatte, so klein, dass er sie gerne größer gemacht hätte. Oft bat er mich dann, ihn zu *Richie Richs Wettbüro* oben an der Grundsteingasse Ecke Gürtel zu begleiten, die neben *Dirty Willis Swedish Pornhouse* lag. Richie leitete von dort aus auch das Büro der Kommunisten in der Gegend, trug sein Hammer-und-Sichel-Abzeichen ganzjährig und verkaufte Brieflose, Ein-Leben-lang-dreitausend-

Euro-pro-Monat-Lose, Lottoscheine und ein paar andere Sachen, welche für die ganzen Freaks der Gegend, die hier mit Dosenbier, schlechter Haut und starrem Blick auf die Fußspitzen ihre Tage vertrödelten, die einzig realistische Chance waren, jemals ein Vermögen aufzubauen. Im Grunde machten sie es dabei wie die Reichen und versuchten, mit Geld noch mehr Geld zu machen. Sie kauften ein Los um zwei Euro und hofften auf einen Gewinn von fünf. Aber irgendwie klappte das trotzdem nie mit der Vermögensbildung, weil sie, wenn sie mal fünf Euro gewannen, immer Zigaretten kauften, anstatt sie zur Seite zu legen.

Wenn einer wie ich in die Wettbude kam, im kanarigelben Sonntagsstaat, dann freute sich Richie, denn wie ich schätzte er gute Kleidung. Und er schätzte meine Aufträge für gefälschte Papiere, die er dann gerne erledigte, um sich ein kleines Zubrot zu verdienen. Ich schob ihm die Gage von Brotha Lovegod hinüber und versicherte ihm, dass der Kunde zufrieden war, und Richie steckte die Scheine routiniert weg.

„Gefiel ihm sein neuer Name?", fragte Richie.

„Gernot Roithenfellner? Nun, er findet den Namen eigentlich ganz flott für einen ehemaligen Nigerianer, der früher Easygoing Ezechiel Mpenza hieß."

„Dann ist es ja gut."

Unsere gemeinsame Leidenschaft aber waren Pferdewetten, die Traberrennen in der Krieau und die Galopprennen in der Freudenau. Leider gab es immer weniger Rennen, weil die Tierschützer nun auch schon für Pferde ein drittes Klo forderten. Daher gab es auch nur mehr sehr wenige Spinner, die bei Richie Wetten platzierten. Ein weiterer Grund für die Flaute war, dass vor ein paar Jahren einer den Computer erfunden hatte, was Richie geschäftlich stark zusetzte. Die Leute wichsten lieber zu Hause als im Kino, und sie wetteten dort auch lieber auf Pferde als bei ihm oder auf der Rennbahn.

„Rocky! Morgen um 17:10 Uhr Graf-Nilacsi-Gedenkrennen der Einjährigen über tausendzweihundert Meter: *Family Hero*, der letztes Jahr den Prix Seydoux Super gewonnen hat und einem neureichen Investor, der eng mit dem Kanzler befreundet ist, gehört, ist Favorit mit einer Quote von 2:1."

„Lass mich in Ruhe mit den neureichen Investoren, da kriege ich gleich Sodbrennen. Einer von denen hat gerade unseren Freund Ringo aus dem Fenster werfen lassen. Und sag bitte nicht Rocky zu mir, ich heiße Rock wie der Felsen und nicht Rocky wie das Felschen, as you know!"

„Jaja, ich weiß, ich weiß. Und wie geht es Ringo? Hat er nicht immer Phantomschmerzen in seinem amputierten Bein?"

„Wenn er nur dort Schmerzen hätte!"

„Ich verstehe. Willst du russische Brühe?"

Er schenkte mir gut ein, und dann füllte ich mir mit dem Zeug noch meinen Flachmann, den der Penner in Ringos Abbruchhaus geleert hatte, bis oben hin an.

Schließlich fragte ich: „Wer läuft denn als Außenseiter in diesem Rennen?" Außenseiter sagten mir insgesamt mehr zu als Favoriten, und wenn sie mal etwas gewannen, dann zahlte es sich auch aus.

„*Fanny Bunny* mit einer Quote von 1:18."

„*Fanny Bunny* oder *Funny Bunny*?"

„*Fanny*."

„Also *Funny*?"

„Ja."

„Mit U?"

„Nein!"

„*Fanny* mit A?"

„Ja!"

„Aber ich dachte, es laufen Hengste?"

„Vielleicht war dieses *Bunny* ja auch früher ein Hengst, was weiß denn ich!"

„Oder der Hengst läuft im rosa Kleidchen?"

„Möglich! Frag mich bitte nicht, wohin das alles noch führen soll, wenn man bald auch bei Pferden nicht mehr weiß, ob sie ein Hengst oder eine Stute sind!"

„Meine Worte. Hast du noch Brühe?"

Er schenkte mir abermals gut ein und fragte dann, wie viel ich setzen wollte. Ich könnte mein elendes Geld verachtzehnfachen, wenn ich schon unbedingt auf *Fanny Bunny* setzen wollte.

Ich antwortete: „Wenn dem so ist, dann werde ich wohl zwei große Scheine riskieren."

„Zwei Tausender also auf *Fanny Bunny*?"

Tausend war aber nicht das, was ich einen großen Schein nannte. Die Geschäfte als Privatdetektiv liefen schlecht, und wenn Lemmy nicht bald auftauchte, dann musste ich eventuell mit einem neuen Eigentümer rechnen, der dann Miete von mir verlangte.

Daher schob ich Richie am Ende nur zwei Zehner in Form von Münzen hinüber. Den einen kratzte ich aus meiner eigenen Hosentasche zusammen, den anderen hatte ich zuvor Ringo aus seiner Hosentasche gekratzt, als er mich darum gebeten hatte. Sollte *Fanny Bunny* gewinnen, dann könnte er sich davon einen halben Rollstuhl leisten, falls er auch noch sein linkes Bein verlieren würde.

Der Münzhaufen aber schmeckte Richie gar nicht. „Sag mal, spinnst du? Wie soll ich denn etwas verdienen, wenn du mir nur die paar Münzen rüberschiebst?"

Das mit dem Geldverdienen war so eine Sache, wenn man nicht genug Geld hatte, aus dem man weiteres Geld machen konnte. Das Gewicht hatte sich in den letzten vier Jahrzehnten stark in Richtung der verdammten Reichen verschoben, die ohnehin schon genug Geld hatten, aber immer noch mehr drauflegen wollten, während Leute wie Richie bald gar nichts mehr zu fressen hatten, weil das ganze Geld am Ende doch immer irgendwie bei den Reichen landete.

Ich sagte: „Das fragst du mich nach vierzig Jahren, in denen du nichts verdient hast?“

„Aber ich hätte etwas verdienen können, wenn ihr mehr gesetzt hättet!“, zettelte er eine Hätte-wäre-Debatte an – die Lieblingsdebatte von uns Habenichtsen –, auf die ich bereitwillig einstieg.

„Als Kommunist hättest du bestenfalls etwas verdienen können, wenn du vor deiner Bude Münzen aufgehoben hättest! Die Zeiten sind vorbei, wo man bei einem wie dir Wetten platziert! Schließlich gibt es schon seit Längerem dieses ... na ... wie heißt es?“

„Telefon?“

„Ja, das auch! Aber eben auch das ... na ... mir fällt’s gleich ein, dieses Inter...irgendwas. Richie! Was du hier machst, ist vollkommen sinnlos. Und wenn du schon nicht glauben willst, dass es vollkommen sinnlos ist, dann ändere wenigstens deinen Namen! *Richie Rich* passt einfach nicht mehr zu dir.“

***

Eine halbe Stunde später saß ich in Jolandas Gulaschbude *Hard & Heavy*, einem ehemaligen Plattenladen an der Ecke Brunnengasse und Yppenplatz, dessen Namen sie nie geändert hatte, so wie Lemmy den Namen der ehemaligen Pizzeria, in der er jetzt wohnte, nie geändert hatte. Jolanda war noch im alten Jugoslawien geboren worden und hatte mal was mit Tito, oder Moment, mit seinem Sohn? Oder doch nur mit einem, der seinen Sohn kannte? Jedenfalls trieben sie es auf diesem Schiff, das heute im Hafen von Zagreb liegt, oder Moment, im Hafen von Split? Oder doch nur auf einer kleinen Schabracke vor der Küste? Egal!

Aus ihren Lautsprechern schepperte den ganzen Tag lang Blechmusik, die vom sterbenden Kommunismus, dem Jolanda ihr Leben lang nachtrauerte, erzählte. Ihre Bude war so abgerockt wie ihr Jugoslawien in den Achtzigerjahren, die Plastiktischtücher klebten an den wackeligen Tischen, der Boden klebte an unseren Schuhen und die Biergläser klebten an unseren Fingern. Mit anderen Worten: Nirgendwo war es schöner als bei Jolanda.

Darum hatte ich mich hier mit meinen Kumpels verabredet, um den Ablauf der morgigen Feierlichkeiten zum Ersten Mai zu besprechen: Wer wann ab wo mit welcher Gruppe und roter Nelke im Knopfloch in Richtung Rathaus marschieren würde. Eine rote Nelke in meinem gelben Hoodie – das hatte ich mir lange gewünscht und vorgestellt, und morgen würde es endlich so weit sein. Jeder, der etwas von roten Nelken und gelben Jogginganzügen verstand, würde mich ansprechen und sagen: „Großer Vorsitzender, du siehst hervorragend aus!“

Zunächst aber musste die Frage beantwortet werden, in welche Wirtshäuser wir auf dem Weg zum Rathaus einkehren wollten, um dort ein kleines und ein großes Bier zu trinken – ein kleines gegen den Durst und ein großes auf die Revolution. Und dann war da noch die Frage zu besprechen, wer von uns den zweiten Bass singen sollte, wenn wir „Die Arbeiter von Wien“ und „Bella Ciao“ röhrten. Aber außer meinem Freund Kubelka dem Seelenschuster war niemand gekommen, was irgendwie niederschmetternd war. So niederschmetternd, dass Ku mich gleich fragte: „Willst du darüber reden?" Aber das wollte ich nicht.

Guttmann der Bulle hatte Schmerzen in den Knien und war deswegen für morgen entschuldigt. Und Willi das Schwein, dem oben am Gürtel *Dirty Willis Swedish Pornhouse* gehörte, hatte sich längst von den Sozis verabschiedet. Irgendwann hatte er sich in die Eiserne Lady verschaut. Zwar war die Schreckschraube seit ein paar Jahren tot, aber sie gefiel ihm halt immer noch, seit er in den Achtzigerjahren einen ziemlich abseitigen Schwarzweißporno ins Programm genommen hatte, der *Maggie and the Coalminers* hieß und in einer Kohlegrube in der Gegend um Sheffield spielte. Da hätte auch ein Farbfilm nicht mehr daraus machen können.

Fink der Griffelschwinger wiederum, der für den *Schmetterling* schrieb, hatte uns „Sorry, aber ich arbeite an einer großen Geschichte über die Korruption beim sozialistischen Bauamt, mir fehlt gerade die Identifikation mit der Bewegung" ausrichten lassen, während Herschel der Jude, den ich seit Monaten nicht mehr gesehen hatte, mir mitgeteilt hatte, dass er mit seinen knapp neunzig Jahren am Buckel Besseres zu tun hätte, als die Welt zu retten: „Ich bin nahe dran, einen Fick zu organisieren!", hatte er ins Telefon gebrüllt, er träumte von einem letzten „Fick", wie Che Guevara ein Leben lang von warmen Eislutschern geträumt hatte, und ich wusste gerade nicht, was trauriger war.

Das musste man mir ansehen, denn Ku fragte noch einmal: „Möchtest du reden?" Aber ich wollte noch immer nicht. Lieber trank ich ein weiteres Bier und stellte mich auf einen traurigen Abend mit trübsinnigen Gedanken und Ku an meiner Seite ein, der sich mit Anfang fünfzig endlich fortpflanzen wollte, aber keine fand, die das ebenfalls wollte, jedenfalls nicht mit ihm. Er hatte alle Karten auf eine Künstlerin gesetzt, die bei ihm auf der Couch lag, und ihr zahlreiche „Gemälde“ abgekauft, die, wie sich später herausstellte, genau gar nichts wert waren, weil diese Art von Hinterglasmalerei mittlerweile sogar schon von Affen im Zoo praktiziert wurde und in jedem Vorstadtcafé herumhing. Er aber hatte ihr Zehntausende Eier dafür gegeben, mit denen sie vor einer Woche abgebogen war, ohne ihm je einen geblasen zu haben.

Um Ku abzulenken, hatte ich ihm Jolanda ans Herz gelegt, die immer noch heiß wie der Balkan war und sogar mit jedem Jahr, das sie in ihrer Gulaschbude verbrachte, noch heißer wurde. Er hatte sich extra für sie die Haare färben lassen, bei *Friseur Manfred* drüben im achten Bezirk, wohin ich ihn begleitet hatte. Manfred hatte ihm Kohlpechrabenschwarz ans Herz gelegt, während er zu mir gesagt hatte, dass mir Blond eigentlich gut stehen würde.

So saßen wir also nun da, er kohlpechrabenschwarz und ich goldblond, und tranken, während er Jolanda übertrieben geil anschaute, bis sie ihm zu verstehen gab, dass auch sie nicht als Mutter für sein Wunderkind infrage kommen werde, trotz seiner schönen Haare.

„Aber nicht nur wegen Pause von Meno, was habe ich längst hinter mich!“

Sie hatte einfach die Schnauze überhaupt voll von den Männern, außer von mir, dem sie hin und wieder hinten in der Küche beim Paprizieren des Gulaschs noch einen runterhobelte.

Ku seufzte: „Ach, wer zu spät kommt, den bestraft doch immer die Geschichte.“

Und ich fragte: „Willst du reden?“

Auch die Ladys, die in den Sektionen der Sozis den Erdäpfelsalat für die Würstel, welche sie nach den morgigen Feierlichkeiten verteilen wollten, anrührten, hatten sich dabei von uns nicht helfen lassen, weil sie ja Feministinnen waren. Also was tun mit dem angebrochenen Tag? Clubbing im Volksgarten? Sex-Positive-Partys? Ja, konnte man versuchen, aber die Blicke der Türsteher und die Kommentare der jüngeren Wartenden musste man aushalten. Bestenfalls durch Vorzeigen meines Ausweises kam ich bei solchen Veranstaltungen noch hinein, aber auch nur, weil „Privatdetektiv" draufstand, und nicht, weil ihnen mein Geburtsdatum so gut gefiel. Die Optionen am Vorabend der Feierlichkeiten waren für uns nicht mehr so sonnig wie zu Zeiten von Bruno Kreisky.

Ich wollte mich schon verabschieden, um versäumten Schlaf nachzuholen, als Ku plötzlich sagte: „Ich habe eine Einladung für die Einjahresfeier des Clubs *La Famiglia* im Goldenen Quartier. Der Besitzer ist ein sehr erfolgreicher Investor und mit dem Kanzler befreundet."

Sofort kriegte ich wieder Sodbrennen. Gab es denn auf der ganzen Welt nichts anderes mehr als nur noch Investoren, die mit dem Kanzler befreundet waren? „Siehst du denn nicht, was sie anrichten?"

„Darum ist er ja bei mir in Behandlung. Wegen eines schweren Schwanzproblems!"

Als wäre das eine Überraschung, dass die alle ein schweres Schwanzproblem hatten.

„Seine Familie besitzt neben vielem anderen auch einige sehr teure Zuchthengste, aber in der eigenen Familie ist das mit der Zucht ein wenig danebengegangen. Der Sohn ist so missraten, dass er, wenn man ihm die Unterlippe ein wenig nach vorne zieht, auch als Habsburger durchgehen würde."

Ich fragte: „Inzest?"

„Wie meist in diesen Kreisen! Sein Vater hat ihn schon als Kind immer wieder zum Decken der Stuten mitgenommen und ihm dabei die Riesendinger der Hengste gezeigt mit dem wenig erbaulichen Hinweis: ‚So sieht ein starker Hengst aus, genau so!‘ Müßig zu sagen, dass ihn Stärke und Größe der Hengste in der Folge überforderten und er impotent geworden ist.“

„Darüber will ich mit dir aber auch nicht reden.“ Seit ich nämlich mit Ku zusammen mal pissen war und wir uns dabei gegenseitig das Package gezeigt hatten, war das Thema für mich erledigt.

„Kein Wunder auch“, fuhr Ku fort, „dass er sich in der Folge eine Welt schaffte, in der es ausschließlich um ihn geht, um ihn, um ihn, um ihn ...“

Ich unterbrach ihn: „Alles klar, Oida. Es geht wohl immer um ihn?“

***

Ich ließ mich überreden, den Datsun stehen zu lassen und mit Ku zusammen ein Taxi in Richtung der Gegend zu nehmen, wo diese verdammten Reichen ihr Geld schissen. An keinem einzigen der Häuser dort hing die rote Fahne, der Erste Mai war denen egal. Ich wollte ein paar Steine auf ihre Fassaden werfen, aber die Lenkerin des Taxis zog mich in ihren Bann: Sie saß auf einem Pölsterchen und ihr Sitz war nach ganz vorne geschoben. Zunächst kapierte ich nicht, wie sie mit ihren kurzen Stummelbeinchen überhaupt zum Gaspedal hinunterkam, und noch wichtiger: zum Bremspedal! Denn sie fuhr, als wäre eine Horde Jungnazis hinter ihr her. Ihr Gesicht war vollmondrund und pechschwarz, der Mund darin kommunistenrot und ihre Haare waren ein Berg schwärzester Wolle. Sie trug gelbe Leggings, und ihre Airbags hatte sie unter einem ebenfalls gelben Shirt verstaut und nicht im eigentlich dafür vorgesehenen Lenkrad.

Du lieber Himmel, war die heiß! Verliebte ich mich gerade in eine Kleinwüchsige aus dem Kongo? Denn von dorther kam Jacky, wie sie uns mit dreckigem Lachen verriet. „Kinshasa is my hood!“, schrie sie, bevor eine Polizeisperre ihren rasanten Flug bremste und sie zu einem Umweg zwang. Irgendwo waren Scheiben von teuren Shops eingeschlagen worden, hörte Ku über das Radio auf seinem Phone, und junge Leute aus den Vorstadtbezirken waren in die Innenstadt eingedrungen, wo sie ein wenig Radau machten.

Jacky lachte wieder dreckig, als würde sie sich über den Radau freuen, und mir war er eigentlich auch ganz recht. Nur Ku hatte eine abweichende Meinung zum Thema: „Gewalt kann nie die Lösung sein!“, sagte er, woraufhin Jacky und ich herzlich lachen mussten.

Bevor ich mit ihr aber eine deepe Conversation starten konnte – über die Hühnerknochen, die bei ihr am Rückspiegel hingen, anstatt des Duftbaumes, der bei uns üblich war, und über diese verdammten Reichen, die uns auch noch das letzte Fleisch von den Hühnerknochen fressen würden –, waren wir schon da. Und bevor ich ihr meine Visitenkarte geben konnte – *Rufen Sie mich an, ich rufe Sie nicht an!* –, hatte Ku schon bezahlt und drängte zum Club. Ich schaffte es gerade noch, ihr ein breites Lächeln hinterherzuschicken, aber da war sie schon wieder zwei Bezirke weiter.

Ich fragte Ku: „Warum bist du denn immer so hektisch?“

***

Vor dem Eingang zum Club war ein roter Teppich ausgelegt, und um den Teppich herum waren Absperrkordeln gespannt. Hinter der Türe würde es seit einem

Jahr heiß hergehen, aber ich hatte von dem Club noch nichts gehört.

„Normalerweise lässt das Interesse an einem neuen Club nach ein paar Monaten nach“, wusste Ku. „Aber dieser ist immer noch jeden Abend voll.“

Er schien mir übertrieben begeistert, was diese Hütte anging, schließlich war es doch so: Dass Ku eingeladen war, war kein gutes Zeichen.

Ich holte einen Duft aus meinem Herrenhandtäschchen und dämpfte damit die natürlichen Gerüche meiner Achseln. Dann drängten wir uns vor, und alle, die wir dabei überholten, sahen superfit, superdünn oder superreich aus, die meisten alles zusammen. Ich kam mir dagegen vor, als wohnte ich in einem Erdloch, obwohl ich mich astrein zusammengeleimt hatte. Vielleicht hätte ich in meiner kurzen Rapid-Hose *Meistermannschaft 1982* antanzen sollen, um mehr Eindruck zu schinden?

Ku trug wie immer ein Poloshirt von diesem Ralph Lauren mit aufgestelltem Kragen, was hier so was wie die Uniform zu sein schien – dazu enge, weiße Jeans und einen leichten, weißen Pullover, den sie alle über die Schultern geworfen hatten, als wären sie kleine Mädchen, denen es am Abend schnell mal zu kalt werden konnte.

Vordrängen war selten eine gute Idee, wenn man im Nachtleben etwas erreichen wollte, weder bei den Ladys, an die man sich ranmachte, noch an der Türe, die man passieren musste. Dort erwarteten uns zwei Gorillas in schwarzen T-Shirts, auf denen *La Famiglia* stand und die sie extra zwei Nummern zu klein angeschafft hatten, damit ihre Steroidberge darunter noch besser zur Geltung kamen. Auch ohne ihre schwarzen Stiefel wären sie deutlich größer gewesen als wir. Sie stoppten uns mit vorgestreckter Hand, und sofort spürte ich, dass Gelb nicht ihre Lieblingsfarbe war. Dann deuteten sie auf meine Füße, und ihre verächtlichen Blicke sagten mir: „Was ist das?“

Ich konnte es ihnen beantworten: „Wartet noch ein paar Jahre, dann ist das wieder modern!“

Die gut trainierten Girls, die sich nun ihrerseits an uns vorbeidrängten, gefielen ihnen deutlich besser. Sie trugen pinke Tanktops, auf denen *Riot Pussies* stand, dazu kurze Röckchen. Es waren sieben oder acht, die Augen dunkel geschminkt und die Augenbrauen mit schwarzem Band überklebt, was cool aussah.

„Betriebsausflug?“, fragte der eine der Gorillas und erntete ein Nicken von einem der Girls. Ein Ich-lutsch-dir-das-Schwänzchen-wenn-du-uns-reinlässt-Blick genügte, und sie waren drin.

Während Ku auf seinem Phone die Einladung suchte, inhalierte ich ein wenig vom Nebel der Rauchwaren, die sich hier alle zuführten. Nur die beiden Affen mussten andere Substanzen im Blutkreislauf haben, irgendetwas mit Eis, denn sie sahen furchtbar kalt aus. Ich wollte sie ein wenig erwärmen und bot ihnen eine Probetüte mit Lemmys *Vaya Con Dios* an, schlug ihnen einen Deal vor, der ihnen zwanzig Prozent vom Umsatz bringen würde, wenn sie das Zeug hier verkauften. Aber sie schienen weder das Gras noch mich zu mögen. Und dass Lemmy verschwunden war, wie ich ihnen noch erzählte, interessierte sie schon gar nicht.

„Verpiss dich!“

Dabei konnte ich ganz sexy rüberkommen, wenn ich zwei Bierchens intus hatte, und ab fünf Bierchens war ich eigentlich unwiderstehlich.

Ich geriet in Streitlaune und fragte mit schwerer Zunge: „Und warum soll ich mich verpissen?“

Bevor sie mir den Arm brechen konnten, fand Ku auf seinem Phone endlich seine Einladung mit Premiumpass für zwei Personen. Der eine packte mich trotzdem am Unterarm, als wollte er ihn mir brechen, klebte mir aber nur ein Band um das Handgelenk und schickte mich hinein.

Die Girls, die hier herumstanden, waren alle richtig heiß und jung, und manche sogar verdammt heiß und verdammt jung. Im dichten Gedränge wanderten Hände über kleine, feste Ärsche, wurden Hüften umschlossen und verschwanden Zungen in fremden Mündern. Alles in allem schwerer Grace-Jones-Alarm. Die Musik war laut und gut, ein mächtiger Bass schlug mir hart gegen den Bauch. Ich fragte mich, wie lange ich eigentlich schon nicht mehr jung war, und die Antwort darauf fiel recht nüchtern aus: zu lange.

Immerhin eine im Gedränge fasste nun auch mir an den Arsch, und zunächst dachte ich: Yeah! Aber dann sah ich in ihrem Gesicht, dass sie ein Typ war, und wollte wieder zurück zu meinem Gulasch mit Nudeln bei Jolanda. Ku jedoch drängte mich zur Mitte des Riesentempels, wo sich der abgesperrte VIP-Bereich befand. Das Fußvolk drumherum sollte ruhig sehen, was die dort so trieben.

Das war nicht viel anders als das, was auch wir so trieben, nur halt im Hochpreissegment: Champagner (gesponsert) und Wodka (gesponsert), dazu Girls vom anderen Stern (gekauft?). Ich kriegte schon wieder Sodbrennen und sagte Ku, was ich von der Sache hielt: „Dein Patient ist wohl nur ein weiteres Arschloch, das seine Schwarzgeldmillionen durch einen Club schleust, um ihn dann nach zwei Jahren in den Konkurs zu schicken. Und die Mitarbeiter werden dann ein halbes Jahr lang keinen Lohn gesehen haben." Am Vorabend zum Ersten Mai war ich immer besonders sozialistisch.

Ku aber war's egal: „Okay, Altpernstein ist vielleicht längst Millionär geworden mit seinen Investments, aber deswegen musst du doch nicht gleich von Schwarzgeldmillionen ausgehen!“ Er hatte ein Faible für Reiche, weil die noch gestörter waren als wir aus der Vorstadt und einen wie ihn immer gut gebrauchen konnten. Man musste sich nur ihre Riesenautos vor dem Club und ihre viel zu schmalen Anzüge hier herinnen anschauen, um zu wissen, was für Schwanzprobleme die alle hatten.

Jetzt aber interessierte mich vor allem eines: „Sagtest du Altpernstein oder Altsteinbär?“ Das wäre dann nämlich interessant, wenn das der wäre, der Ringos Haus gekauft hatte. Und Altsteinbär, Altpernstein ... Vielleicht konnte der Rumäne doch schlechter Deutsch, als ich dachte?

„Er heißt Rudolph mit Ph der II. Altpernstein“, sagte Ku. „Sein Vater Rudolph der I., der mit den Hengsten, ist Bankier und hat ihm die paar Scheine für die Gründung seines Gastro- und Immobilienimperiums vorgeschossen. Seither ist er mit dem Kanzler und auch dessen Familie eng befreundet!“

Von der engen Bande zwischen Politik und reichen Säcken hatte man ja schon gehört, aber dass auch die Familien mit dabei waren, das war mir neu. Ich fragte: „Mit seinen Onkeln und Tanten, oder mit wem?“

„Nicht mit seinen Onkeln und Tanten!“

„Aber du sagtest Familie!“

„Der Kanzler nennt seine guten Freunde ‚die Familie‘, darum heißt der Club auch *La Famiglia*! Sie lieben sich und versorgen sich gegenseitig mit öffentlichen Jobs und öffentlichen Geldern – was man in einer Familie halt so macht!“

„Was heißt das: Sie lieben sich?“

„Na, du weißt schon!“

„Weiß ich nicht! Ficken sie sich in den Arsch, oder was meinst du?“

„Eine Hand wäscht die andere! Man kauft sich Gesetze und schiebt einander Aufträge zu, solche Sachen. Das mag für Außenstehende selbstverständlich klingen, dass die Reichen sich alles kaufen können, ist aber für einen wie Altpernstein, der wegen seines Schwanzproblems ohnehin schon unter Minderwertigkeitsgefühlen leidet und obendrein seine Homosexualität versteckt, gar nicht so einfach."

„Und wieso nicht?"

„Na, denk mal nach! Irgendwann fragt man sich nicht mehr: *Kann* ich mir wirklich alles kaufen? Sondern: *Muss* ich mir wirklich alles kaufen? Und mal ehrlich, wer will denn so leben?"

„Na ja, Oida. Ich wollte ja gleich nicht hierherfahren!"

Nun tauchte der Gastgeber auf dem Weg in den VIP-Bereich persönlich vor seinem Therapeuten auf. Von seiner Nase war nicht mehr viel übrig, seit das viele Koks sie ihm ruiniert hatte, außerdem trug er einen viel zu engen Anzug. Seine Ohren waren riesig!

Ku stellte mich ihm vor, aber dieser ignorierte mich, küsste stattdessen Ku links und rechts und noch einmal links auf die Wange und steckte ihm im Weitergehen zwei Bons für zwei Getränke an der Bar in die Brusttasche, wo aber schon hundert andere mit zwei Bons anstanden. Dann sagte er: „Bussi, babatschi!"

Seit die Schmalanzugträger mit ihren teuren Produkten im Haar das Land an den Eiern hatten, machte nicht einmal mehr das Saufen Spaß. Ein sehr junger Kellner in sehr engen, schwarzen Unterhosen (und zwar ausschließlich sehr engen, schwarzen Unterhosen) ging mit ein paar Flaschen Wodka auf seinem Tablett an mir vorbei in Richtung der Very Importants (oder im Fall des Altpernstein: Very Impotents). Ich griff nach einer der Flaschen und legte ihm meinen Bon aufs Tablett.

Er sagte: „He!“

Und ich sagte: „Danke!“

Plötzlich rief Ku begeistert: „Oh! My! God!“ Als hätte er Lemmy Kilmister von *Motörhead* persönlich gesehen. Dabei war es nur der Kanzler mit seiner bekannt langen Nase, die ihm bei seinen Feinden viele Lacher einbrachte. Er hatte aber auch wirklich eine verdammt lange Nase! Und wie Altpernstein trug auch er einen viel zu engen Anzug, und ich fragte mich, warum die alle so schwul darin aussahen.

Ich schaute mich um, wie man im Schuhgeschäft schaut, wenn man nicht weiß, wonach genau man suchte, und beobachtete, wie sich immer mehr dieser Schmalanzugträger um den VIP-Bereich drängten und dann auch immer mehr dieser gut trainierten Girls im *Riot-Pussies*-Shirt. Das fiel natürlich nur mir auf. Aber wofür wäre man denn sonst Private Eye, wenn einem so was nicht auffallen würde?

Überraschend fasste mir dann beim Schauen einer an den Arm. Er war für sein Alter – ich schätzte mal sechzehn – furchtbar zugedröhnt und wollte hinaus ans Licht und in die frische Luft, vielleicht sogar zur Mutti. Möglich, dass er Sauerstoffprobleme hatte, vielleicht aber auch ganz andere. Er bettelte mich an: „Bring mich hinauf, Opa!“

Aber einer von den Securitys war schneller als Opa, drückte ihm eine Faust ins Kreuz und schob ihn nach ganz unten. Dort war eine Tür, durch die immer wieder welche aus dem VIP-Bereich hineinhuschten.

Ich fragte Ku: „Was ist denn dort?“

„Dort sind die Darkrooms!“

„Und was macht man dort?“

„Na, was macht man dort?“

„Na, was?“

Aber dann sah ich auch einen im orangefarbenen Hemd und mit grüner Krawatte in einem Anzug, wie ihn sonst nur noch alte Vorstadtsozis trugen, im abgesperrten VIP-Bereich. Unter dem Arm trug er eine abgegriffene Beamtenledertasche, bekannt aus Filmen mit Heinz Erhardt. Ich fragte mich, was einer, der wie ein Vorstadtsozi aussah, an einem Ort wie diesem machen sollte, wo doch nur die neuen Reichen feierten, die dem Staat das Geld aus der Tasche zogen und ihm nie etwas zurückgaben, weil sie keine Steuern zahlten. Die fette, goldene Uhr an seinem linken Handgelenk, die er mit hinaufgekrempeltem Sakkoärmel noch betonte, sprach dann ohnehin dagegen, dass er ein Sozi war. Aber was war er dann? Eine Mischung aus beidem?

Ich sah, wie die *Riot Pussies* immer weiter nach vorne drängten, griff mir noch eine Flasche vom Tablett des Kellners und verzichtete darauf, ihm einen Bon dafür zu geben. Aus den Boxen wummerte der Bass, die Tanzfläche füllte sich langsam und Trockennebel verteilte sich plötzlich im gesamten VIP-Bereich, mehr, als ich bisher gesehen hatte. Mir wurde heiß wie einem Bären im Dschungel, und plötzlich sah ich den Kanzler zusammen mit Altpernstein und dem Halbsozi in meine Richtung kommen. Oder taumelte ich in ihre? Keine Ahnung! Ich versuchte mich noch irgendwo festzuhalten, aber dann ...

... riss der Film.

***

Sie mussten mir etwas in den Wodka geschüttet haben oder ich hatte schon wieder eine über den Schädel gekriegt! Die Kopfschmerzen, die ich jetzt hatte, waren jedenfalls nicht mehr normal. Und, verdammt, wo war ich überhaupt?

Seit ein paar Wochen nutzte ich wegen des Baulärms gegenüber jede Gelegenheit, um nicht zu Hause am Brunnenmarkt schlafen zu müssen, und nicht jede dieser Nächte hatte sich zu einem Triumph ausgewachsen. Neulich hatte ich erst sehr spät erkannt, dass Luisa aus Brasilien ... na ja. Sie hatte jedenfalls wirklich sehr gut für einen Mann ausgesehen! Aber, du meine Güte, jetzt war ich bei Jacky, der Taxifahrerin aus dem Kongo, mit der ich gestern in diesen Club in der Innenstadt gefahren war, zusammen mit Ku! Ich schaute auf die Uhr, und tatsächlich: Es war längst Erster Mai geworden.

„Nein, ich habe dich nicht hierher abgeschleppt, Rocky. Du wolltest unbedingt mit zu mir!", antwortete sie auf meine Frage, ob sie vielleicht vor dem Club auf mich gewartet hatte, um genau das zu tun. „Gewartet aber habe ich schon auf dich. Übrigens kannst du froh sein, dass ich dich gerettet habe."

„Gerettet? Vor wem denn?"

Ich musste wohl irgendwann aus dem Club gerobbt sein, nachdem drinnen das Chaos ausgebrochen war. Angeblich, so Jacky, waren Securitys hinter mir hergelaufen, aber, wie gesagt, entweder lag es am Wodka, dass ich mich an nichts erinnern konnte, oder es lag doch schon an meiner Birne. Jacky, so erzählte sie weiter, hatte mich in meinem kanariengelben Outfit entdeckt und aus der Gefahrenzone gebracht, und so schnell, wie sie Taxi fuhr, konnte man dabei schon von Rettung sprechen.

Aber Jacky war nicht nur Taxifahrerin, sondern auch Konzertpianistin, was sie mir verriet, während wir uns in ihrem großen Bett noch einmal liebten. Ein paar Eigenschaften an ihr würden aber dagegensprechen, dass sie es in Europa bis nach ganz oben schaffen würde: „Hautfarbe, Körpergröße, Herkunftsland. Als wäre ich eine Außerirdische!", stöhnte sie, als ich noch einmal über sie drüberrutschte.

Dabei war sie extra deswegen hierhergeflüchtet, weil sie dachte, dass der Laden hier in Europa ein bisschen lockerer und cooler laufen würde als bei ihr zu Hause im Kongo. Aber falsch gedacht!

„Na ja", sagte ich. „So ein bisschen außerirdisch bist du ja schon mit deinen Pianistinnenhänden." Um sie dann zu fragen, ob sie vielleicht mal zehn Aspirin für mich hätte. „Und kannst du mir bei der Gelegenheit auch mein Phone bringen? Es muss dort in meiner Hose stecken."

Das läutete nämlich schon länger in der Arschtasche meiner gelben Jogginghose, die neben dem Bett lag. Dabei war es erst knapp nach halb sechs Uhr früh. Dort lagen auch meine Unterhosen und die Latschen, die ich gestern Abend getragen hatte, aber nicht mein Hoodie. Die Socken, sah ich nun, hatte ich noch an.

Jacky, ganz Feministin, antwortete: „Hol dir dein Scheißphone doch selbst!" Und wackelte nackt zum Flügel, der mitten im Zimmer stand. Den hatte sie von einem alten, einsamen Witwer bekommen, der ihr ein bisschen Deutsch beigebracht hatte und für den sie im Gegenzug den Windeleinkauf erledigte.

Jackys Arsch war ein süßes, glänzendes Äpfelchen, in das ich gerne hineinbeißen wollte, auf ihre linke Arschbacke hatte sie den Hammer tätowiert, auf ihre rechte die Sichel. Sie schwang beide auf den Klaviersessel und fing an, „Bella Ciao" zu klimpern, driftete dann aber schnell ab in Richtung Nina Simone und „Ain't Got No, I Got Life", in voller Länge. Mir rollten ein paar Tränen über die Wangen, so gerührt war ich.

Gleichzeitig rutschte ich zu meiner Hose hinüber. Jede Bewegung verursachte heftige Schmerzen in meiner

Birne, vor allem hinten hinauf. Ich griff in die Arschtasche und ertastete zunächst nur etwas, das wie ein Ohr aussah. Du lieber Himmel, wo hatte ich denn das her? Ich steckte es wieder zurück und zog endlich das Phone heraus, drückte auf Grün und sagte: „Gutti?"

Es war nämlich Guttmann der Bulle, der bei der Abteilung Mord West der Wiener Kriminalpolizei arbeitete und ein durch und durch aufrechter Sozi war. Seine Eltern hatten früher einen Blumenladen gehabt und waren mal fett im Rote-Nelken-Geschäft gewesen. Das Blumengeschäft war aber irgendwann zusammen mit den Sozis verblüht, und jetzt war nur noch Guttmann fett. Wir trafen uns regelmäßig in *Dirty Willis Swedish Pornhouse*, wo er sich am liebsten *Big-Mama-Mia*-Filme mit *Big Mama Mia* in der Hauptrolle anschaute.

Gutti rief mich immer wieder mal an, wenn es wo einen Mord aufzuklären galt, und bat mich um Hilfe, weil er selbst mit der Welt nicht mehr Schritt halten konnte: Die Knie, der Zucker, das allgemeine Unwohlsein und das Leiden an der Welt setzten ihm zu. Dazu der Druck, der Stress und die Erwartungen an ihn, die er nicht mehr erfüllen konnte. Nicht zu vergessen die Einsamkeit, mit der er nicht zurechtkam. Alles, was der Kapitalismus zu bieten hatte, drückte auf Gutti drauf.

Im Gegenzug ließ er mich zusammen mit der Biene Mayr, seiner Forensikerin, alle zwei Monate in der Asservatenkammer stöbern, und wenn es darin etwas gab, das mir schmecken könnte, dann nahm ich es mit: beschlagnahmte russische Brühe, beschlagnahmte Zigaretten, beschlagnahmtes Bargeld. Meinen mintgrünen Datsun hatte ich auch von dort, er hatte früher einem Zuhälter gehört.

Ich war Gutti also für manches sehr dankbar, für anderes nicht. Zum Beispiel, wenn er mich um diese frühe

Stunde bat, in den George-Washington-Hof im zehnten Bezirk zu kommen. „Wir sind im Ulmenhof, wenn du von der Triester Straße kommst, dann musst du zuerst durch den Birkenhof und den Ahornhof, und dann kommst du in den Ulmenhof."

Ich fragte: „Willst du von dort aus zum Rathaus marschieren, oder was?"

Er aber sagte: „Lass mich in Ruhe mit Rathaus, wir haben hier zwei Morde!"

So ein Mord konnte einem den ganzen Ersten Mai vermiesen, zwei trübten die Laune gleich noch mehr. In der Eile kam ich nicht einmal mehr zum Duschen. Andererseits: Warum duschen, wenn man einen gelben Jogginganzug hatte? Ich zog mir die Hose an, während ich gleichzeitig den Messagekanal meines Phones leerräumte.

Am zurückliegenden 20. April hatte ich Dirty Willi zum Geburtstag ein neues Phone geschenkt, weil er mich mit Anrufen über sein altes Nokia genervt hatte. Im Erstberuf war ich Privatdetektiv, im Zweitberuf seine rechte Hand im Pornokino: „Häng die Plakate für die *Jack-Schleck*-Retrospektive in den Schaukasten! Wo sind die *Tit-Ecklung*-Filme? Räum die Sportgummis im Buffet nach! Wer hat die angerotzten Taschentücher schon wieder nicht aus dem Kinosaal geräumt?"

Ich hatte mich für ein gebrauchtes Smartphone vom Albaner oben am Neubaugürtel entschieden, mit dem er sich wie ein quengelndes Kind in der U-Bahn beschäftigen sollte. Leider hatte er sehr bald die Kamerafunktion entdeckt und dann auch gleich die Kamera-Reverse-Funktion. Und sehr bald auch den verfluchten Messenger, über den wir normalerweise Lemmys Drogendeals abwickelten. Irgendwann hatte er seine Hose zu fotografieren begonnen, irgendwann seinen offenen Hosenstall und dann seinen Lümmel, den er aus dem Hosenstall hängen ließ. Weiß der Teufel, warum er mir die Fotos schickte, aber er tat es halt! Und über die Nacht hatten sich wieder ein paar hundert davon in meinem Phone angesammelt.

„Was schaust du denn?“, fragte Jacky.

Und ich sagte: „Dickpics.“

Sie lachte, als ich ihr Willis Lümmel zeigte, und fasste an meinen, bevor sie ihn noch einmal blies. Dann fragte ich, ob sie meinen Hoodie gesehen hätte. Sie holte ihn aus dem Trockner und meinte, dass sie ihn gleich zur Buntwäsche gegeben hätte, nachdem sie ihn mir vom Leib gerissen hatte, und dann im Schongang bei vierzig Grad gewaschen.

„Aber wieso denn gewaschen?“, fragte ich.

„Weil er voll mit Blut war!“

„Echt jetzt?“

Das zusammen mit dem Ohr in meiner Hose machte mir ein wenig Sorgen. Wenn mir in der Nacht der Film riss, dann war ich am Morgen danach selten froh, wenn ich die Teile wieder zusammensetzen konnte. Lieber alles vergessen, als sich an irgendetwas zu erinnern, das war meine Devise. Nun versuchte ich es trotzdem, weil auch ich nicht jeden Tag ein Ohr in der Hose hatte.

Die eine Flasche Wodka.

Moment! Die zweite Flasche nicht vergessen!

Dazu der Investor (mit seinen Riesenohren) und meine insgesamt aufgewühlt kapitalismusfeindliche Stimmung.

Auch nicht ohne: mein Sodbrennen, sobald ich den Investor sah!

Dann die *Riot Pussies*, die sich langsam um den VIP-Bereich des Investors herum sammelten.

Und, verdammt, ist dann nicht auch noch der Kanzler neben dem Investor aufgetaucht, was mein Sodbrennen nur noch verstärkte?

***

Jacky kutschierte mich durch das morgendlich verschlafene Wien in Richtung der Adresse, die Gutti mir genannt hatte. Die Stadt roch nach Flieder und Frühling, aber noch drängte das Volk nicht auf die Straßen. Außer natürlich die verrückten Jogger, die vor irgendetwas in ihrem Leben davonliefen, und das schon am frühen Morgen.

Das Verschlafene der Stadt machte Jacky ganz wahnsinnig: „Das ist so ein Schnarchladen hier bei euch verglichen zum Beispiel mit Kinshasa oder Abuja im Tschad, wo es eine Untergrundszene mit Null-bis-vierundzwanzig-Uhr-Untergrundbarbetrieb und geiler Musik gibt! Und wenn die Party zu Ende ist, dann wird zu Hause noch weitergetrommelt!“

Ich fragte: „Mit Buschtrommeln?“

„Nein! Das ist ein Klischee, du Arschloch!“

„Küss mich.“

„Na gut.“

Die Ringstraße, auf der später vor dem Rathaus die Maikundgebung stattfinden sollte, war überraschenderweise bereits abgesperrt, überall war Polizei, die uns auf die Wienzeile umleitete. Ich fragte mich, was die Bullen so früh hier machten, kratzte mich am Sack und fragte mich weiters, ob ich es heute überhaupt noch rechtzeitig zu den Feierlichkeiten schaffen würde. Doch Jacky hatte wunderbare Musik in ihrem Player und wunderbare Drogen in ihrem Handschuhfach, beides lenkte mich von meinen Überlegungen ab.

Wir aßen „getrocknete Mangoschalen aus dem Großraum Kinshasa“, wie sie mir sagte. „Und verglichen mit meinen Mangoschalen könnt ihr euch eure Scheißavocados in den Arsch stecken!“ Dann nippten wir noch an etwas, das aus Lianen gebraut wurde, die dort massenhaft im Dschungel wuchsen. „Und ein paar zerriebene Hühnerknochen sind auch immer dabei“, lachte sie, ohne Hühnerknochen ging bei denen nämlich gar nichts, die putzten sich damit wohl auch die Zähne. Aber das Zeug, das wir tranken, war verdammt noch mal besser als Bier, du lieber Himmel!

Wir schaukelten gemütlich dahin wie auf einer Piroge am Kongo, drifteten mal ein wenig nach links und dann wieder ein wenig nach rechts, grüßten die Fahnen, die wir nun immer häufiger an den Häusern angebracht sahen, je weiter wir aus der Stadt hinaus Richtung zehnten Bezirk fuhren, und schrien: „Revolución o muerte!“

Immer wieder ermahnte ich sie: „Nicht so weit rechts!“

Wir küssten uns ohne Ende, und sie erzählte mir, dass ihr Vater in Kinshasa ein Blumengeschäft hatte ... Nein, Moment. Doch! Sicher? Ja! ... Aber nachdem die reichsten und korruptesten Chinesen und Russen auch dort den Blumenmarkt – und alles andere, was sogenannten Gewinn abwarf, auch – unter sich aufgeteilt hatten, mussten sie das Land verlassen. Hinauf Richtung Sahara und dann immer weiter nach Norden, bis sie dann irgendwo an die Südgrenzen unseres schönen Landes stießen und Jacky von ein paar Heimischen verprügelt wurde, bis sie ihnen mit ein paar ausgefeilten Kung-Fu-Tritten den Arsch aufriss. Irgendein Onkel von ihr hatte eine zerfledderte Videokassette mit einem Jackie-Chan-Film drauf, und den hatte sie sich Tag und Nacht angeschaut. Irgendwann konnte Jacky alles, was Jackie auch konnte.

„Und Klavierspielen habe ich bei einer Hexe im Dschungel gelernt“, sagte sie. „Die lebte dort mit einem alten, belgischen Konzertflügel in einem Affenbrotbaum.“

Ich fragte: „Echt jetzt?“

Und sie: „Believe it, or not!“

Als die CD zu Ende war, schaltete sich auf ihrem Radio der Privatsender *Gosse24* ein und wir hörten die Nachrichten. In der Innenstadt hatte es letzte Nacht ordentlich gerummst, erzählte uns Frühmoderatorin Tamara Feller, und wir schrien: „Bravo!“ Der Schwarze Block der Antifa hatte den ganzen reichen Kohlmarkt ruiniert – worauf wir einen tranken – und das eine oder andere völlig übermotorisierte Angeberfahrzeug in Brand gesteckt – worauf wir ebenfalls einen tranken. Dann hieß es noch, dass es im bekannten Innenstadtclub *La Famiglia* zu unübersichtlichen Auseinandersetzungen gekommen sei. „Gerüchte, wonach der Kanzler ...“

Ich drehte ab und dachte: Oh, oh! Sagte dann aber: „Endlich tut sich mal was im Land! Ich meine, auf politischer Ebene.“

„Na ja, Oida, übertreib nicht!“, lachte Jacky, die bereits sehr gut Wienerisch sprach. „Kennst du Mobutu Sese Seko und die Geschichte, wie er mit dem oppositionellen Revolutionär Pierre Mulele Schlitten gefahren ist in den Sechzigerjahren?“

Ich sagte: „Die kenne ich nicht!“

„Also, pass auf! Er überredete ihn dazu, aus dem Exil zurückzukehren, und versprach ihm im Gegenzug Amnestie. Nach seiner Rückkehr aber wurden er und alle Leute, die ihn seit der Rückkehr besucht hatten, sofort verhaftet, und Mulele wurde öffentlich gefoltert. Die Augen wurden ihm herausgerissen und die Nase abgeschnitten ...“

Ich fragte, weil ich es mir nicht verkneifen konnte: „Die Ohren auch?"

„Und die Zunge auch! Und Sack und Schwanz auch! Und, verdammt, sogar Beine und Arme haben sie ihm amputiert, während er noch lebte. Und alle mussten zusehen! Den Rest, den verdammten kleinen Rest, der von ihm noch übrig geblieben war, haben sie dann in den Kongo geworfen, wo ihn die Piranhas gefressen haben. Und weißt du, warum? Weil er Kommunist war! Also, Hasi, das ist alles Kinderkram, was bei euch hier passiert! Ihr müsst noch ein wenig üben, wenn ihr Revolutionäre werden wollt!"

Jacky verlangte dann nicht einmal den reduzierten Fahrpreis, nachdem wir beim George-Washington-Hof angekommen waren. Wollte stattdessen nur „noch einen Kuss" – einen letzten? – und bedankte sich für das, was ich ihr gegeben hätte. Also bedankte ich mich bei ihr auch für das, was sie mir gegeben hatte. Wir küssten und bedankten uns und bedankten uns und küssten uns, bis ich mich schweren Herzens in mein Berufsleben verabschieden musste.

Dazu hatte sie eine Frage: „Was arbeitest du denn überhaupt, dass du am Tag der Arbeit arbeiten musst?"

Für sie als Taxifahrerin war es ja selbstverständlich, dass sie keine Ruhezeiten kannte und hundert Stunden pro Woche buddeln musste. „Aber ein Mann im gelben Jogginganzug?"

Ich sagte: „Ich bin Privatdetektiv, mein Äpfelchen."

„Klingt aufregend, Rocky."

Hatte ich Äpfelchen gesagt?

Sie warf mir ein Kusshändchen zu und reckte die linke Faust, rief „Freundschaft!" und trat aufs Pedal, nachdem ich ausgestiegen war.

Ich schrie ihr hinterher: „Sag doch bitte nicht immer Rocky zu mir, Jacky! Ich heiße Rock wie der Felsen und nicht Rocky wie das Felschen!“

Obwohl: Jacky und Rocky ...?

Sie war so cool, dass sie nicht nur nicht klammerte, sondern mir nicht einmal ihre Telefonnummer für ein bisschen Telefonsex zwischendurch aufdrängte (wie das heute üblich war bei den jungen Leuten, die sich lieber einen abwichsten als sich mit Gefühl und Hingabe dem anderen zu widmen).

Sicherheitshalber hatte ich mir ihre Adresse gemerkt. Schließlich wusste ich nicht so genau, wie lange die Bauarbeiten gegenüber von Lemmy noch andauern würden. Und irgendwie mochte ich, wie sie Klavier spielte.

***

Ich zermartere mir weiter die Birne, was da gestern passiert sein könnte, aber es ergab sich kein schlüssiges Bild. Ku wollte ich in der Sache noch nicht befragen, denn der redete dann immer so viel und ich hatte ja auch noch immer richtige Kopfschmerzen.

Also schob ich mich von der Triester Straße hinein in den George-Washington-Hof, errichtet von der Gemeinde Wien in den Jahren 1927 bis 1930, wie auf einem Schild am Eingang zum ersten Hof, dem Birkenhof, zu lesen war. Dann kam ich am *Frisier- und Beautysalon Viktoria* vorbei, dessen Türe an diesem Tag und um die frühe Zeit einen Spalt breit offen stand. Eine Frau, die vielleicht Viktoria war, kam schlecht gelaunt heraus und hatte einen Kübel Farbe mit dabei und einen Pinsel. An der Fassade ihres Salons stand in großen Lettern „FFF“, und diese Buchstaben begann sie zu übermalen.

Ich sagte: „Na?“

Und sie sagte: „Leck mich am Arsch, Kanarienvogel!"

Der George-Washington-Hof hatte fünf Höfe, die von zwei Straßen durchquert wurden, dazu ungezählte Durchgänge. Ich schleppte mich durch die beiden ersten östlichen Höfe. Die Wohnungen hatten teils Loggien, teils Balkone, die Fenster waren nach Osten und Westen ausgerichtet, damit die einen am Morgen Sonne hatten, die anderen am Nachmittag. Man hatte also nicht nur ans Geldverdienen gedacht, als man diese Häuser baute, sondern vor allem auch an die Bewohner.

Die zahlten es heute zurück, indem sie wie die Schweine hausten. Um den Mistplatz im zentralen Ulmenhof herum sah es aus wie auf einer Deponie am südlichsten Balkan. Da stand eine ganze Wohnzimmereinrichtung samt rotem Samtsofa und sonst noch einiges an Hausrat herum, der nicht hierhergehörte: eine alte Trockenhaube, zwei Paar achtlos hingeworfene, ausgelatschte Bergschuhe (Riesentreter, die vom Yeti stammen mussten), ganze Fenster, halbe Fahrräder, fabriksneue Tretroller und so weiter! Natürlich war es eigentlich streng verboten, hier seinen Sperrmüll abzulagern. Aber verbiete heute mal einem etwas, und er lacht dir ins Gesicht.

Ein paar vom Gemeindebauvolk im klassischen Gemeindebauschick hatten sich um den ganzen Krempel herum versammelt, Hoodies spannten sich an fetten Bäuchen und enge Leggings an fetten Ärschen. Ein paar hatten ihre niedlichen Kampfhunde mit dabei und machten mit ihren Phones Fotos, manche fragten: „Ey, Oida, was ist los? Was gibt's?"

Ich fragte zurück: „Räumt hier auch mal einer von euch Schweinen den Dreck weg?"

Aber das Volk zeigte mir nur den Finger und verzog sich langsam wieder zurück in die Federn, wo auch ich gerne gewesen wäre. Die Tradition, sich am Ersten Mai schon frühmorgens zusammenzuleimen, um dann beim Maiaufmarsch halbwegs was herzumachen (so wie ich!), war hier im Gemeindebau mehr oder weniger abhandengekommen. Die Dankbarkeit für das, was die Sozis einmal für einen geleistet hatten, fehlte heute komplett. Aber das lag vielleicht auch an den neuen Sozis.

Gutti entdeckte mich und kam auf mich zu. Um den Ersten Mai herum litt er immer unter besonders kolossaler Frühjahrsmüdigkeit, und die Herbstdepression war da auch schon wieder im Anflug. Ich merkte es daran, dass er sich kaum bewegen konnte, was er auf seine schmerzenden Knie schob. Er trug bereits wieder herbstliches Khaki und Beige, Braun und auch ein bisschen Grün an den Stutzen und sah darin so elend aus wie die Revolution selbst, die in ihren Kinderschuhen stecken geblieben war. Trotzdem fragte er ein bisschen von oben herab: „Wo kommst du denn her? Ich meine, du siehst richtig scheiße aus."

Und ich sagte: „Danke, gleichfalls. Ich war gerade bei Jacky."

„Einer Hure?"

Ein paar von der herumstehenden Migrantenjugend kicherten. Nichts kam ihnen leichter über die Lippen als das Wort „Hure", die Wände in sämtlichen Gemeindebauten der Stadt waren mit diesem Wort vollgeschrieben. Jessica, Jacqueline, Denise, Jennifer – ihrer Meinung nach alles Huren, außer natürlich Mutti. Aber wenn es ein anderer aussprach, dann kicherten sie wie die Kinder.

„Wo denkst du denn hin?", sagte ich zu Guttmann. „Jacky ist doch keine Hure! Sie spielt Klavier auf sehr hohem Niveau! Allerdings war ich, bevor ich bei Jacky war, noch mit Ku in einem Club gewesen, der *La Famiglia* heißt."

Er fragte: „Ist das der Club, in dem letzte Nacht …?"

„Kein Kommentar!"

Schließlich nahm er mich an der Hand, was auf die umstehenden Jungmigranten ziemlich schwul wirken musste, und führte mich um die Mülltonnen und den ganzen Sperrmüll herum zur Sandkiste. Ich fragte ihn, worum es überhaupt gehen würde, und er antwortete mit dem Spruch eines Altkanzlers: „Es ist alles sehr kompliziert."

Hinter gelben Absperrbändern kniete Dr. Angelika Mayr aka Biene Mayr von der Spurensicherung leicht bekleidet und mit ihr noch ein paar andere, aber die trugen weiße Schutzanzüge und sahen aus, als wollten sie im Sand spielen. Der Anblick der Biene war immer ein erfreulicher, meist knisterte es gewaltig, wenn wir uns sahen. Zwischen uns hatte sich eine reife, sexuelle Freundschaft entwickelt, die so aussah: Wir trieben es miteinander, wenn wir gerade niemand Besseren hatten.

Anders als Guttmann stand die Biene um den Ersten Mai herum voll im Saft. Kaum dass sie mich gesehen hatte, bot sie mir ihren herrlichen Arsch dar, der in einem engen Sommerkleid steckte. Normalerweise tätschelte ich ihn, was uns beiden immer recht gut gefiel. Aber heute hatte ich noch Jackys köstlichen Äpfelchengeschmack auf der Zunge und legte mir Zurückhaltung auf, was die Biene enttäuschte.

„Dann lass es halt!", sagte sie beleidigt und hob eine Plane, unter der eine alte Frau lag, knochig und mit rissigen Händen, krumm und gebückt, wie die Biene uns sagte, sowie mit schwarzen Strumpfhosen auch bei den sich abzeichnenden hohen Temperaturen. An ihren Händen klebten die Reste von verfaultem Obst und Gemüse. Die Biene meinte, sie hätte wohl in die Biomülltonne gegriffen, aber sicher sei das natürlich noch nicht. Die

Tote war um die achtzig Jahre alt, und in ihrer Nähe lag ein aufgebrochenes Motorradschloss neben einem Ölfleck, der von einem Motorrad oder Moped stammen könnte. Das Zweirad aber war weg.

Dass die Alte das Schloss aufgebrochen hatte, dass man sie also bei einem versuchten Diebstahl überrascht hatte, war zwar möglich, aber nicht sehr wahrscheinlich.

„Keine Papiere, keine Identität, keine Vermisstenmeldung. Sie war sofort tot, nachdem sie mit einem harten Gegenstand an der Schläfe getroffen worden war", sagte die Biene. „Den Gegenstand haben wir bis jetzt nicht gefunden, aber wir suchen ihn."

Ich schaute zu Gutti, und mein Blick sagte: Wegen einer Achtzigjährigen holst du mich aus der Kiste von Jacky? Oida, so kompliziert kann die Sache doch nicht sein!

Aber Gutti hatte noch mehr auf Lager. Er führte mich weiter zu einer Sandkiste nicht weit von der Alten entfernt. In der lag ein totes Mädchen mit einem auffälligen, knallroten Irokesenhaarschnitt.

„Vielleicht fünfzehn Jahre alt", sagte die Biene. „Und wie bei der alten Dame Eintritt des Todes um circa fünf Uhr morgens."

Das Mädchen trug ausgestellte Jeans, wie Jane Fonda sie in den Siebzigerjahren getragen hatte, eine zerfledderte Che-Guevara-Mütze mit einem roten Stern drauf sowie ein grünes Shirt, das ebenfalls einen roten Stern darauf zeigte. Der rote Stern war eigentlich längst aus der Mode gekommen, so wie die Sozis längst aus der Mode gekommen waren. Umso überraschender war für uns, dass ihn ausgerechnet ein junges Mädchen hochhielt – der rote Stern auf ihrer Brust war allerdings beinahe vollständig von dunklem Blut bedeckt.

„Ein Stich mitten ins Herz“, sagte die Biene. „Mit einem Messer, das wir ebenfalls noch nicht gefunden haben. Ein Tatort, zwei Tote, zwei Tatwaffen, das ist ungewöhnlich.“

Guttmann pflichtete ihr bei: „Das Alter der beiden und ihr sehr unterschiedlicher Kleidungsstil lassen nicht darauf schließen, dass sie viel miteinander zu tun hatten. Die Junge war wohl eher links angehaucht, wenn man sich ihre Kleidung ansieht, die Alte eher wie eine Kirchgängerin mit orthodoxem Hintergrund gekleidet. Vielleicht waren sie Oma und Enkelin, aber wir wissen es nicht. Ebenso wissen wir nicht, was sie um diese frühe Zeit hier gemacht haben.“

„Wisst ihr irgendwas?“, fragte ich gereizt.

Die Biene deutete auf die Kuppen an Daumen und Zeigefinger der rechten Hand des jungen Mädchens, die deutlich schmutziger waren als die an den anderen Fingern.

„So haben die Finger meiner Oma ausgeschaut, und die hat ständig gelesen“, sagte sie.

„Dann war sie also Leserin?“, fragte Guttmann.

„Ich wollte es nur gesagt haben!“, schnauzte die Biene ihn an. Sie war nicht weniger gereizt als ich, weil sie den Ersten Mai hier in der Sandkiste verbringen musste, anstatt mit mir in der Kiste bei ihr zu Hause, während ich gereizt war, weil ich nicht bei Jacky in der Kiste bleiben konnte.

Die vom Volk sammelten sich um uns wie Aasfresser um ihre Beute, aber kaum sprach man sie an, wichen sie zurück.

„Irgendwer eine Ahnung, wie sie hießen?“, fragte ich. „Wohnten sie hier? Hat sie schon mal jemand gesehen? Jemand einen Verdacht, wer das getan haben könnte?

Schon mal ein Motorrad hier stehen gesehen, das vielleicht jemand vermisst? Oder ein Moped?"

„Glaubst du, ich habe sie das nicht schon alles gefragt?", sagte Gutti.

„Auch laut genug?", schrie ich ihn an.

Ich verteilte ein paar Anfütterungspäckchen mit Lemmys Vorzeigegras *Vaya Con Dios* sowie ein paar Gutscheine für *Dirty Willis Swedish Pornhouse*. In den kommenden Wochen standen dort Wet-T-Shirt-Filme mit Wet Wendy Ventura in der Hauptrolle am Programm.

„Wem etwas einfällt, der soll sich melden!", sagte ich, aber die Burschen nahmen nur die Geschenke und verschwanden damit ohne Antworten auf unsere Fragen. Geschweige denn, dass sich einer bedankt hätte!

Dafür hörte man aus den umliegenden Fenstern plötzlich Gemaule: „Kein Wunder, dass sie tot ist!"

Ich schrie hinauf: „Welche der beiden?"

„Die Junge!"

„Und warum?"

„Scheißmülltrennerin!", hörten wir aus einem anderen Fenster.

Ich fragte: „Was noch?"

„Beschissene Autohasserin!"

„Weiter!"

„Überhaupt voll die Besserwisserin!"

„Mehr!"

„Feministin!"

„Im Ernst?"

„Ja!"

„Okay. Hat noch einer was zu meckern?"

„Eine Greta war sie! Jawoll! Eine richtige Greta!"

Das saß wie ein Keulenschlag. Eine „Greta" war für die Mehrheit der Gaspedaltreter und Fleischfresser hier jede, die mit dem Fahrrad fuhr und freiwillig auf ihr tägliches Schnitzel verzichtete.

Die Biene zog ihre eigenen Schlüsse daraus: „Du machst dir als Frau schnell Feinde, wenn du den Mund aufmachst und eingefahrene Gewohnheiten hinterfragst."

„Ist das so?", fragte ich.

„Ja, du Halbaffe. Eine Frau, die den Mund aufmacht und sich Feministin nennt, lebt gefährlich. Und mit Frau meine ich auch junge Mädchen."

„Und die Alte?"

„Um die ging es gerade nicht, oder?"

Da hatte sie recht.

„He, krieg' ich auch einen Gutschein?", schrie der, der die Tote aus dem Fenster heraus gerade noch Greta genannt hatte.

Aber diesmal war es die Biene, die zurückschrie: „Geh scheißen, Oida!"

***

Die Sache schien tatsächlich so kompliziert zu sein, wie Gutti angedeutet hatte. Ich musste ihm also einen Lösungsansatz skizzieren und ihm eine Perspektive bieten, wie wir hier möglichst schnell wieder wegkamen, um es vielleicht doch noch zum Maiaufmarsch zu schaffen.

„Das junge Mädchen war hier nicht sehr beliebt, das scheint mal klar zu sein. Du brauchst also nur in die paar Wohnungen hier zu gehen und zu fragen, ob irgendjemand mehr über sie weiß und ob sie vielleicht mit jemandem im Clinch gelegen ist, eventuell wegen eines Motorrades oder so was. Das ist klassische Ermittlungsarbeit und keine Hexerei, also los, mach dich auf die Socken, ich warte bei Jolanda auf dich."

„Hier gibt es über tausend Wohnungen und weiß der Teufel wie viele Stiegen", sagte Gutti, als er mich abermals an der Hand nahm und ein Stückchen weiterführte, diesmal zu einer Wäschestange. Dabei wirkte er, als hätte er noch ein Ass im Ärmel. Und das Ass hieß Herschel der Jude.

Als ich ihn da an die Wäschestange gefesselt sah, war das eine wirkliche Überraschung, denn Herschel war eigentlich Achter-Bezirk-Altbaubewohner mit Blick auf das Rathaus einerseits und den Wilhelminenberg andererseits. Er lebte dort auf zweihundert Quadratmetern mit Fischgrätenparkett am Boden und mit Kunst an der Wand – oder mit dem, was er halt dafür hielt! Einmal hatte ihn Ku zu so einer Kunstmesse mitgenommen und mich auch, und ich hatte gleich verstanden, warum Ku sich für Kunst interessierte: „Kunst" kam für ihn von „junger Künstlerin". Dort liefen nämlich jede Menge kurzberockte Russinnen und Ukrainerinnen herum, die mit Malen nach Zahlen hoch hinaus wollten (auch ein paar Tirolerinnen und Kärntnerinnen, die er aber links liegen ließ, weil die sich weder Beine noch Achseln rasierten und „Kunst" bei ihnen von „Menstruationsblut" kam, was ihn abstieß).

Der bürgerliche achte Bezirk war also Herschels Welt, seit er aus Israel wieder in unsere Stadt zurückgekommen war. Aber nun stand er hier verloren inmitten dieses Gemeindebaus in seinem gestreiften Pyjama mit Handschellen an eine Wäschestange gefesselt herum, und dazu trug er noch Damenpelzlatschen in Pink.

„Rockele!", schrie er, als er mich entdeckte. „Da bist du ja endlich! Machst du mich los?"

Aber Gutti hatte etwas dagegen: „Du hältst den Mund!", sagte er streng in dessen Richtung, was Herschel nicht gefiel.

„Du dreckiges, braunes Arschloch! Ich verklage dich, bis das Fett in deinem verdammten Arsch zu kochen anfängt!"

Gutti und Herschel, das war, seit ich die beiden in *Willis Pornhouse* einander vorgestellt hatte, keine Liebe auf den ersten Blick. Zu gegensätzlich waren sie, als dass sie sich ständig umarmt und sich ihrer Zuneigung versichert hätten: einerseits Gutti mit seinem ganzen Fett an den Knochen, in dessen Leben nichts funktionierte und der auf dem Zahnfleisch in Richtung Altersunglück kroch, andererseits Herschel, der Anwalt, der sich auch mit knapp neunzig noch bewegte wie eine Schlange im Baum und sich beim „Oldies-but-Goldies-Nachmittag" im Café Seinerzeit unten beim Raimundtheater als Fred Astaire vorstellte, was die Ladys nicht zuletzt wegen seiner vielen Millionen am Konto zu schätzen wussten. Auch ihr unterschiedlicher Filmgeschmack trennte die beiden: Herschel schaute jeden Mittwoch *Dirty Brown Assholes Destroyed*, wenn Dirty Willi Filme mit Eve Brown in der Hauptrolle zeigte, und Gutti schaute jeden Samstag alles mit Müttern und Riesenquasten, wenn Willi seine *Big-Mama-Mia*-Filme ins Programm nahm.

Herschels Pyjama kam mir vertraut vor, weil er darin abends öfter mal ins *Pornhouse* kam, wenn er zuvor vergessen hatte, ihn in der Früh auszuziehen. Aber auch mit Pyjama wog Herschel keine fünfzig Kilo, und seine Ärmchen, mit denen er an die Wäschestange im Hof gefesselt war, waren so dünn, dass er damit kaum die Zähne heben konnte, die er sich morgens hineinschieben musste.

„Er kann die beiden doch unmöglich umgebracht haben", sagte ich zu Gutti. „Also warum hängt er hier?"

„Er hängt doch nicht hier, weil er verdächtig ist!", sagte Guttmann. „Er wurde von einem Kerl in weißen

Unterhosen und weißem Unterhemd mit Uniformjacke, aber ohne Uniformhose, überwältigt, als er die Zeitung holen wollte und dabei auch gleich den Mist runterbrachte. Habe ich dir nicht gesagt, dass alles sehr kompliziert ist?"

„Runterbrachte von wo?", fragte ich. „Er wohnt doch ganz woanders."

„Das ist eben eines der vielen Rätsel in dieser Sache!", sagte Guttmann. „Herschel weiß es selbst nicht mehr. Und er weiß auch nicht mehr, in welcher Wohnung der Kerl in der Unterhose mit den Schlüsseln für seine Handschellen verschwunden ist, er weiß nur noch, dass seine Unterhose vorne ganz gelb war. Und dass er neben einer Trinkflasche auch Pfefferspray an einem Gürtel und einen riesigen Hund mit dabeihatte. Das wäre so weit die Beschreibung der Person."

„Der war also gut ausgerüstet?", fragte ich.

„Bis auf die Hose", sagte Guttmann. „Und dann hat er noch einen roten Fauteuil aus dieser Sammlung hier mitgenommen." Gutti deutete auf den Haufen Sperrmüll.

Ich zog die Bleispritze und sagte: „Alle mal kurz die Ohren zuhalten!" Dann schoss ich ihm die Handschellen weg.

Dabei filmte mich ein jugendliches Mondgesicht mit seinem Phone, was ich hasste. Konnten die alle ihr Scheißphone nicht einen Moment lang in der Tasche stecken lassen? Er war der Typ Nordkoreaner auf Durchreise, vielleicht so alt wie das tote Mädchen. Mit Hemd, Pullover und billiger Brille vom Kassenarzt machte er nicht viel her. Auffällig waren nur seine fetten Siegelringe, die er an der rechten Hand trug – als wäre er unter den Rockern der Härteste.

Wo verdammt noch mal hatte er die her? Ich hatte genug Zeit mit Ku verbracht, um zu wissen, dass einem wie ihm das männliche Vorbild fehlte. Ich ging also zu ihm hin und nahm ihm das Phone ab, warf es auf den Boden und feuerte einen Schuss knapp daneben. Das Ding hüpfte trotzdem wie ein Knallfrosch, und das war auch der Sinn der Lektion. Dann sagte ich: „Du nicht filmen tun!“

Da fing er an zu weinen, während ich den Small Talk am Laufen hielt: „Wie du heißen?“

Endlich brachte er irgendwas heraus: „Chung Fu.“

Ich setze nach: „Wie? Ich dich haben nicht verstanden akustisch.“

„Chung Fu! Aber du kannst auch normal mit mir reden, Boomer!“

„Junk-Food?“, fragte ich. „Das ist ein schöner Name!“

Irgendwie war er mir plötzlich sympathisch geworden. Also steckte ich ihm ein Probepäckchen mit Lemmys *Vaya Con Dios* in die Brusttasche, verbunden mit dem Angebot, es hier gegen einen fairen Anteil unter die Leute zu bringen: „Zehn Prozent für dich, was meinst du?“

Er war weder darauf eingegangen noch hatte er sich für das Angebot bedankt, bevor er mit dem Zeug weglief. Schon nach zwanzig Metern aber wurde er von ein paar Abdullahs, die sich mit Zwiebeln und Knoblauch fit hielten und die Sache aus der Ferne angeschaut hatten, über den Haufen gerannt, und ihm wurden die Rauchwaren weggenommen. Ein Verhalten, das sie zwar nicht als Mörder verdächtig machte, aber immerhin als Kiffer. Mehr sympathisch als unsympathisch.

„He! Seid doch mal nett zueinander!“, rief ich ihnen zu. „Es ist doch genug für alle da!“

Aber sie zeigten mir nur den Finger, was sie wieder unsympathisch machte, während sich Junk-Food langsam berappelte und in Stiege 24 verschwand.

„Super gemacht!“, sagte Guttmann.

„Okay, okay“, sagte ich. „Kann ja sein, dass ich manchmal überreagiere, aber ich habe letzte Nacht wirklich wenig geschlafen!“

Dann blickte ich mich im Hof um, schaute zu den Fenstern hinauf. Alleine in diesem Hof gab es fünfundzwanzig Stiegen, in jedem der anderen ähnlich viele. Ich fragte Herschel, was er überhaupt hier gemacht hätte: „In irgendeiner dieser Wohnungen musst du ja übernachtet haben, erinnerst du dich denn an gar nichts mehr?“

Herschel war sonst nie um ein Wort zu viel verlegen, normalerweise sprudelte es aus ihm heraus wie Pisse aus der Kuh im Stall. Aber jetzt kratzte er sich nur am Arsch und schien selbst für einen Mann seines Alters sehr ratlos. Viel ratloser, als ich ihn kannte.

„Ich habe dieses junge Ding kennengelernt“, fiel ihm dann doch noch ein.

„Das da liegt?“, fragte ich.

„Doch nicht das da liegt, du Idiot! Ein anderes!“

„Okay. Und wo?“

„Beim Seniorennachmittag der Sozis in der Sektion XVI in Ottakring. Die Sozis in meinem Bezirk kannst du ja vergessen, die kümmern sich nur noch um Radwege. Aber draußen in Ottakring kommen noch richtig junge Dinger und kümmern sich um uns alte Herren. Sie hat solche Titten und sie wohnt ... äh ... da!“ Erst schien er zu wissen, wo genau sie wohnte, und deutete auf Stiege 9. Plötzlich aber war er sich nicht mehr so sicher und deutete auf Stiege 12.

„Oder da!“

Und dann sollte es plötzlich Stiege 21 sein.

„Oder da!“

Und so weiter. Er drehte sich im Kreis und schaute wie ein Idiot jede der Fassaden an, und jede schaute gleich aus.

„Na, scheiß drauf!“, fuhr er fort. „Ich habe jedenfalls gestern bei dem jungen Ding irgendwo hier angeläutet, hatte Wein mit und wollte sie ficken, aber es ging die ganze Nacht nicht, obwohl ich, wie du weißt, viel Brokkoli esse und regelmäßig Gymnastik mache. Es ging aber trotzdem nicht, obwohl sie sich wirklich bemüht hat. Zwischendurch hat sie mir sogar Kaffee gemacht und mir Schnaps dazu gegeben.“

Ich fragte: „Was denn für einen Schnaps?“

„Schliwo.“

„Dann ist es ja kein Wunder, dass es nicht ging!“

„Mir kam sogar vor, es ging immer weniger, je mehr Kaffee und Schnaps sie mir gab, verdammt! Irgendwann ist es dann hell geworden, ohne dass ich sie gefickt hätte, und sie drückte mir den Mistsack mit der leeren Weinflasche in die Hand und schickte mich um die Zeitung. Als ich hier ankam, sah ich die beiden da liegen. Und als ich mich bückte, um nach ihnen zu schauen, ist der in der Unterhose von hinten über mich hergefallen, hat mich hierher zur Wäschestange gezerrt und mich dann hier angehängt!“

„Und dann?“

„Dann fiel ihm plötzlich ein, dass er kacken muss, versteht ihr? Er musste das Seil rauslassen. Also ist er mit den Schlüsseln für meine Handschellen irgendwo da in einer der Wohnungen verschwunden und hat mich vergessen! Ich glaube, es war Stiege 3! Kann aber auch 16 gewesen sein. Oder die da drüben, was ist das für eine Nummer?“

„24.“

„Nein. 24 war es sicher nicht!“

Einer in orangenfarbener Mistkübleruniform kam in den Hof und sperrte das Depot samt Pausenraum auf, das unter dem Nordeingang untergebracht war für die Männer der Magistratsabteilung 48, die hier in der Gegend die Straßen sauber machten. Ich wollte hinein und mich zu ihm an den Tisch setzen, und die meisten der Umstehenden waren dafür, weil sein Orange und mein Gelb – das hätte was hergemacht für ein Foto, das man dann hätte posten können!

Er schenkte sich einen ersten Schnaps aus einer Flasche ein, die offen am Tisch herumstand, neben einem – verdammt! – roten Höschen, das daneben lag. Da drinnen sah es aus, als hätten drei russische Bären die ganze Nacht durchgesoffen, zusammen mit einer etwas stärkeren Bärin, die ein etwas größeres, rotes Höschen trug. Am Tisch lag auch ein halber Laib Brot, und neben dem Brot lag noch Wurst, und neben der Wurst steckte ein Messer im Tisch.

Der Mistkübler schaute es ebenso interessiert an wie wir und wollte es herausziehen, um sich damit das Schwarze unter den Nägeln herauszuholen – oder was weiß denn ich, was er damit hätte machen wollen! Ich dachte: interessantes Messer!

Und Gutti sagte: „Nicht anfassen!" Und was er denn überhaupt hier mache?

Der Typ sagte, er warte hier auf seine Kollegen, und was uns das überhaupt anginge?

„Geht ihr zum Aufmarsch?", fragte ich, während die Biene hereinkam und das Messer sicherstellte.

„Nö", sagte er. „Wir trinken hier nur einen auf die Arbeiterschaft."

„Und letzte Nacht habt ihr auch einen getrunken auf die Arbeiterschaft?"

„Ich habe keinen getrunken auf die Arbeiterschaft."

„Wer dann?"

„Kann ich dir nicht sagen!"

***

Gutti teilte ein paar Bullen ein, die ein paar Wohnungen hier abklappern und fragen sollten, ob irgendwo ein Mädchen abgängig wäre oder eventuell eine Alte in schwarzen Strumpfhosen. „Und wenn euch der in der Unterhose öffnet, dann ruft ihr mich auch an!", sagte er. „Und wenn hinter einer der Türen ein junges Ding lebt mit solchen Titten, dann auch!" Schließlich musste Herschels Zahnbürste ja auch noch irgendwo liegen, auch wenn sich keiner vorstellen konnte, dass sie tatsächlich bei einem „jungen Ding mit solchen Titten" lag.

Während Gutti einteilte, schaute ich mich etwas abseits der Sandkiste um. Ich roch am Öl- oder Benzinfleck, der wahrscheinlich aus einem abgestellten Moped oder Motorrad stammte. Ich mochte den Geruch und stellte mich drauf, dann rief ich Ku an. Jemand ging ran, aber nicht er, sondern eine Frau. Sie klang gereizt, das Gespräch begann sehr verwirrend.

„Ja?"

„Ku?"

„Was?"

„Bist du's?"

„Wer?"

„Kubelka?"

„Wer soll das sein?"

„Der, zu dem das Phone mit dieser Nummer gehört!"

„Und wem gehört diese Nummer?"

„Na, Kubelka!"

„Und wer soll das sein?"

„Dem dieses Phone ... Herrgott, gib ihn mir einfach!"

Ein paar Ladys hatten anscheinend zu viel geraucht. Nun unterhielten sie sich, und ich hörte Sätze wie: „Verdammt, er hat nicht gelogen!" Oder: „Hab' mich ja gleich gefragt, warum den nur Frauen in der Menopause anrufen und keine Bauarbeiter!" Oder: „Verdammt, was machen wir jetzt?“ Das mit den Frauen in der Menopause traf mich ein bisschen.

Ich sagte: „Ladys? Kann ich mal kurz?“

Aber sie redeten weiter: „Fuck! Scheiße! Wenn es wirklich der Falsche ist?“

Und ich wieder: „Ladys ...“

Und sie: „Was?“

„Kann ich mal kurz mit Ku reden?“

„Nein!“

Dann hörte ich aber doch, wie ein Klebeband von einem Gesicht gerissen wurde und dann den dazu passenden Schrei. Endlich erkannte ich Kus Stimme: „Rock?“

„Verdammt, was machst du denn?“, fragte ich ihn. „Bist du in einem abseitigen Dreier hängen geblieben?“

„Nein, nein, hör zu!“, stammelte er. „Ich wurde von diesen *Riot Pussies* entführt! Sack über den Kopf und raus beim Notausgang. Aber ich weiß echt nicht, wieso. Bitte hilf mir!“

Eine gewisse Sorge stieg in mir hoch, bis hinauf zu meinen Ohren, die plötzlich anfingen zu brennen. Ich rief mir in Erinnerung, was sie heute früh im Radio gesagt hatten, und griff nach dem Teil, das ich in meiner Hosentasche gefunden hatte.

„Hast du übrigens gehört, dass ihm ein Ohr abgerissen wurde?“, fragte Ku.

Ich wollte gar nicht wissen, wen er mit „ihm“ meinte, und sagte nur: „Man hört so einiges in diesen Tagen!“

„Wo warst du überhaupt die ganze Zeit?“, fragte er.

Und ich sagte: „Tja.“

Wir hatten uns gestern bald aus den Augen verloren, nachdem Ku mit den Schmalanzugträgern immer weiter abgerutscht war in Richtung Darkroom, während ich ... ja, was eigentlich?

Mir fiel wieder ein, wie ich plötzlich an Ringo hatte denken müssen, wie er dort unten im Lichthof lag, mit seinem einen verbliebenen Bein durchstochen von einem Eisen und mit Phantomschmerzen im anderen, das er bereits verloren hatte. Mir fiel ein, dass ich an ihn hatte denken müssen, als ich den Kanzler und Altpernstein auf mich zukommen sah – oder war doch ich auf sie zugestolpert?

Jedenfalls, in meinem gelben Jogginganzug war ich am Ende wohl nicht fein genug für die Familie gewesen, man hatte mir sehr deutlich das Gefühl gegeben, dort nicht erwünscht zu sein, daran erinnerte ich mich jetzt wieder. Und wenn dem so war, dann zielte ich auf Nasenbeine. Oder hatte ich nach einem Ohr gegriffen?

Weitere Details wollten mir gerade nicht einfallen beziehungsweise war es sogar möglich, dass ich sie verdrängt hatte. Ich erinnerte mich lieber an das Erfreuliche als an das Unerfreuliche. Darum fiel mir jetzt wieder ein, dass ich plötzlich Jacky gesehen hatte, nachdem sie mich auf die Straße geworfen hatten, als wäre sie Teil eines schönen Zaubers. Ich hatte wohl „Rette mich!" zu ihr gesagt, und – verdammt – sie hatte mich wohl gerettet!

„Die haben mich irgendwann rausgeschmissen", sagte ich zu Ku. „Und wie lief es bei dir, bevor du entführt wurdest?"

„Altpernstein wollte mich zusammen mit dem Kanzler in den Darkroom des Clubs mitnehmen, aber irgendetwas in mir sträubte sich dagegen. Und seit gestern weiß ich auch, was."

„Was?"

„Sie ficken dort junge Buben!"

„Hätte ich dir auch gleich sagen können!"

„Oida! Wenn ich das anzeige, dann bin ich in diesen Kreisen als Therapeut erledigt, die erzählen mir nichts mehr von den jungen Buben ... ich meine ...“

Ich fragte: „Soll ich sie anzeigen?“

„Nein! Erst schreibe ich ein Buch über die vollkommen versauten Sitten der reichen Leute und auch derer in der Politik, und dann kannst du sie anzeigen!“

„Na gut, schreib du dein Buch über diese Schweine, und dann zeige ich sie an. Aber jetzt hör mir mal zu, kommst du heute noch zum Rathaus?“

Da übernahm wieder eine Lady sein Phone, und ich hörte sie sagen: „Sicher nicht!“

Ich war enttäuscht: „Na, dann lass es bleiben!“

***

Gutti und ich machten uns zusammen mit Herschel auf die Suche, und während wir zur ersten Stiege latschten, in der wir suchen wollten, schüttelte ich immer noch den Kopf über diese Girls. Sie hatten alles richtig gemacht, bis auf den letzten Move: Waren in diesen Klub eingedrungen, in Mannschaftsstärke, hatten den VIP-Bereich umkreist, unauffällig, und hatten längst das Zielsubjekt identifiziert, den Altpernstein, als sie zuschlugen. Nur dass sie am Ende Ku den Sack über die Rübe gestülpt und ihn im Trockennebel, von dem sie selbst vielleicht ein wenig zu viel versprüht hatten, hinausgeschleppt hatten, und nicht das Zielobjekt. Und jetzt?

Keine Ahnung!

Wir fingen bei Stiege 18 an. Warum ausgerechnet bei Stiege 18, das wusste vielleicht nur Herschel. Er ging jedenfalls zielsicher darauf zu und gab uns zu verstehen, dass er dann schön langsam mal sehr dringend pissen müsste, und das mussten Gutti und ich eigentlich auch.

Gutti begutachtete mit Sorge die Fassaden, weil er ja wusste, dass die meisten dieser Gemeindebauten dahinter keinen Lift hatten, und kein Lift war der größte Feind für seine Knie. Darum sagte er wohl: „Geht ihr schon mal vor!"

Eine Dicke mit ihrem Rotzlöffel an der Hand kam uns nachgelaufen, Typ Volksschullehrerin mit Faible für Problemboys: „He, Sie! Mich wundert nicht, dass die Kleine tot ist, so frech und unerhört, wie sie immer aufgetreten ist. Ich meine, sie hat zum Dennis gesagt, dass er toxisch ist."

„Dass er was ist?"

„Toxisch!"

„Und was heißt das?"

„Weiß ich nicht. Dennis, hat sie das nicht gesagt?"

„Nein, eigentlich nicht."

„Na, dann erzähl dem Inspektor die Sache mit dem Fleisch!"

„Was?"

„Hat sie nicht gesagt, dass du kein Fleisch mehr essen sollst? Aber Fleisch ist wichtig! Gerade im Wachstum!"

Ich schaute mir die Frau an und sagte: „Irgendwann wächst man dann aber nur noch in die Breite, und da spätestens muss auch mal Schluss sein mit Fleisch."

Sie sagte: „Frechheit!" Und verschwand.

Das Stiegenhaus in Stiege 18 war vollgeschmiert mit Slogans der Art: „Tchetchens forever!", „Anarchy!", „Rapid!", „Mutti!". Man erfuhr aber auch, dass Jennifer mit Sami fickte, Susi mit Ali und dass überhaupt alle Mädchen Huren waren, außer vielleicht Chantalle, die war nämlich Kommunistin und sollte gekillt werden: „Kill Chantalle! Kommunist!"

Das klang interessant! Dann hieß das tote Mädchen vielleicht Chantalle? Und gab es welche, die sie töten wollten, weil sie sie wegen ihres roten Sterns am T-Shirt für eine Kommunistin hielten? Die Wände im Gemeindebau waren so etwas wie die Gratiszeitung. Man erfuhr das Wichtigste, wenn man am Morgen runterging und am Abend wieder rauf. Da fickte Susi dann vielleicht schon mit Sami, und Jennifer mit Ali. Und Chantalle war dann vielleicht wirklich schon tot.

Wir läuteten an einer Türe im Mezzanin. Sie ging auf und ein dunkler Schnauzbart mit nacktem, behaartem Oberkörper schaute heraus. Hinter ihm roch es nach Tee und Zwiebeln, nicht nach Vorbereitung auf den Ersten Mai. Bestimmt stand hinter seiner Türe keine rote Fahne, höchstens die von *Galatasaray Istanbul*. Na gut, die war auch rot, aber halt mit viel Gelb.

Noch bevor wir ihn etwas fragen konnten, sagte er es frei heraus: „Nix verstehen." Diesen Spruch müsste man mal auf eine Wienpostkarte drucken lassen!

Ich deutete auf Herschels Pyjamahose und sagte, was mir gerade zum Thema einfiel: „Toilet. Toileta. Toilette. Toiletti. Klo. Scheißhaus. Häusl. Pronto. Dalli, dalli. Zack, zack."

Aber er drosch uns einfach die Türe vor der Nase zu, weiß der Teufel, wofür er sich hielt.

„Arschloch!"

„Selber Arscheloche!", hörte ich von hinter der Türe. So schlecht verstand er uns dann also doch nicht. Aber meine Frage, ob er eine gewisse Chantalle kannte, wollte er dann justament nicht mehr beantworten.

Herschel flog weiter die Treppe hinauf, anscheinend immer die Vorstellungen einer Klomuschel vor Augen. Ich blieb deutlich hinter ihm, was mich nachdenklich stimmte, weil ich knapp vierzig Jahre jünger war als er.

In den Stockwerken zwei und drei öffnete gar niemand. Da schlief man entweder tief und fest, oder man stellte bereits im Schrebergarten die Sessel für die Grillerei auf. Schließlich hatte der Wetterdienst sonnige Tage versprochen, da war man gerne draußen in der Lobau oder in Kritzendorf in der Datscha.

Im vierten Stock öffnete eine Vorarlberger Studentin, die, wie sie gleich zugab, frisch von der Alm kam und illegal hier wohnte. Sie dachte, wir kämen von der Gemeinde, um die Rechtmäßigkeit ihres Mietverhältnisses zu kontrollieren, und das dachte sie auf Vorarlbergerisch, was wirklich schwer zu verstehen war.

Herschel schrie: „Die war es!" Sah dann aber selbst ein, dass eine Vorarlberger Studentin ihn nicht bei den Sozialistischen Pensionisten kennengelernt haben konnte. Ich fragte ins Blaue hinein, ob sie hier vielleicht eine Chantalle kannte. „Eventuell auch bekannt als Autohasserin, Besserwisserin, Ökonazi oder Greta?"

„Was ist mit ihr?", fragte sie mit leiser Stimme.

„Sie ist tot."

Da schüttelte sie leise den Kopf und eine Träne lief ihr über die rote Wange. „Ich kenne hier gar niemanden. Ich bin sehr einsam in der großen Stadt."

„Na ja, du bist Vorarlbergerin, da ist es schwierig, Leute kennenzulernen."

Sie klammerte sich an mich und flüsterte mir ins Ohr, dass sie alles für mich tun würde, wenn ich kurz auf einen Sprung zu ihr reinkäme. „Alles!"

Aber das machte die Sache für mich nicht einfacher, denn: „Mein Herz gehört Jacky. Aber darf mein Freund hier vielleicht mal kurz pinkeln?"

Durfte er nicht.

Gegenüber öffnete eine Frau um die siebzig, was für Herschel immer noch jung war, aber „junges Ding"? Sie sah aus wie eine ukrainische Krautkopfbäuerin knapp nach dem Zweiten Weltkrieg. Ihr robuster Arsch klemmte in einer Hausfrauenschürze, seitlich davon schwabbelte das Fett ihrer Oberarme. Ihr Friseur hatte sein Handwerk irgendwann in den Fünfzigerjahren gelernt und sich seither nicht mehr weiterentwickelt.

Wieder sagte Herschel: „Die!“ War nun aber deutlich weniger überzeugt als bei der Vorarlbergerin.

Ich sagte: „Die sicher nicht!“ Und verzichtete auf weiteres Nachfragen.

Wir hatten das Ende der Fahnenstange erreicht. Weiter hinauf ging es nicht, und so latschten wir die Treppen wieder hinunter.

Im zweiten Stock trafen wir Gutti, der auf halbem Weg nach oben war und unter großen Schmerzen litt.

„Alles wieder retour!“, sagte ich.

„Habt ihr etwas herausgefunden?“, fragte er.

„Gar nichts!“

Herschel und ich gingen wieder voran, bogen in Stiege 22 ein und waren sofort im ersten Stock, wo wir an der ersten Türe läuteten. Und, heiliger Strohsack, plötzlich ging mit der Türe auch die Sonne auf. Der alte Serge Gainsbourg war früher mal mit so einer verheiratet gewesen. Jedenfalls hatte seine Lady die gleiche Lücke zwischen den vorderen Zähnen wie die hier, aber ich schwöre, die hier war noch eine Klasse höher angesiedelt als die von Serge.

Sie war Anfang vierzig, also in einem Alter, in dem sie für Herschel noch als Teenager durchging, und lehnte sich im beinahe durchsichtigen Nachtrock gegen den Türstock. Nur ganz kurz schien sie erschrocken zu sein, als sie Herschel in seiner Pyjamahose sah, dann entspannte sie sich und erzeugte mit ihren zwei schwarzen Magneten, die sie als Augen verwendete, Feuer in meinem Schädel, sodass mir leicht schwummelig wurde. Was war denn das für eine?

Sie schob sich mit der einen Hand die schwarzen Haare hinauf, während sie mit der anderen die Zigarette zum Mund führte, und zwar so, dass man gerne mal eine Zigarette gewesen wäre! (Ich hatte ja noch diesen alten Fernseher vor meinem Bett stehen, in dem diese alten Filme liefen, die ich so gerne schaute. Da wusste man dann erst wieder, wie beschissen heute alles war, wenn man sich diese Filme anschaute. Und ich rede jetzt nicht von den Filmen, die Dirty Willi zu Allerheiligen immer ins Programm nahm und die *The Fucking Dead* oder so hießen. Ich rede von Filmen voller Zigarettenrauch in italienischen Wohnungen samt Streit und Versöhnung, von Frauen, die Monica Vitti hießen, und Männern, die man Marcello nannte. Keiner von meinen Kumpels wusste, dass ich den Nostalgiesender schaute und dass ich dann immer weinen musste. Ich war da irgendwie sehr emotional und hatte nun Mühe, wieder auf Farbe umzustellen.)

Klein Rocky meldete sich mit dem Vorschlag, die anderen nach Hause zu schicken und den Rest des Tages bei der hier zu verbringen (Erster Mai hin, Erster Mai her, das wäre mal ein würdiges Feiern!), als die Lady sagte: „Na, Großer? Gelbe Jogginganzug stehen dir." Rumänin also, oder was in die Richtung.

Und Herschel war sich nun ganz sicher: „Die war's! Ganz genau die!" Aber das war natürlich lächerlich, denn dann hätte ja auch sie ihn erkannt!

Der Aschenputtelabgleich ihrer makellosen Füße mit den Pelzlatschen, in denen seine Hufe steckten, ergab außerdem einwandfrei, dass es nicht ihre sein konnten. Sie war eins achtzig groß und trug, grob geschätzt, Größe zweiundvierzig, während die Füße von Herschel in Achtunddreißigern steckten. Immerhin willigte sie ein, ihn ihr Klo benutzen zu lassen, was ihn näher an den

Klassearsch dieser Klasselady heranbrachte, als er sich je erträumen durfte.

Dann bat sie auch mich herein und sagte: „Ich Gina. Und du?"

Ich war versucht, „Tarzan" zu sagen, beließ es aber bei: „Superschnüffler Rock Rockenschaub. Habe die Ehre."

Herschel war bereits aufs Klo verschwunden, sodass ich ihr nun alleine im engen Vorzimmer gegenüberstand. Noch ein bisschen weniger Platz, und wir hätten hier im Stehen Sex haben *müssen.* Sie schaute mir so tief in die Augen, dass ich ganz crazy wurde. Ich hatte das Gefühl, dass ich mich in ihren Slave verwandeln könnte, wenn sie das wollte, und dann ab mit mir ins Grave, wenn sie auch das wollte. Ich fragte mich, ob es schon einen Song gab, der diesen verrückten Zustand beschrieb? Wenn nicht, müsste vielleicht Steven Tyler noch dringend was darüber schreiben.

„Und jetzt, Rocky?", fragte Gina.

„Sag doch bitte nicht Rocky zu mir. Ich heiße Rock wie der Felsen."

„Und jetzt, Felsen?" Sie bat mich weiter in die Küche.

Dort stand ein kleiner Tisch mit einer kleinen Eckbank, auf der ich Platz nahm. Es war ein bescheidener Haushalt, viel Einrichtung hatte sie nicht, eigentlich standen nur eine Umzugstasche von Ikea herum und ein bisschen Geschirr. Sie drehte ihr Phone leiser, aus dem Musik von unten aus dem Delta zu hören war, und zwar von unten aus dem Donaudelta, nicht aus dem Mississippidelta. Am Tisch lagen Tarotkarten und ein Pendel. Der Duft eines Räucherstäbchens hatte sich in ihren pechschwarzen Haaren verfangen, neben dem Duft einer herzhaften Bohnenpfanne, die sie um diese Zeit schon am Herd stehen hatte.

„Erwartest du Besuch?", fragte ich.

„Nur dich", säuselte sie.

Und, verdammt, ich glaubte es ihr.

Ihre Beine waren die einer Fünfzehnjährigen ohne Schambehaarung, denn sie hatte keine. Warum ich das wusste? Weil sie unter ihrem Morgenmantel das Höschen vergessen hatte und für ihren Morgenmantel den Gürtel. Selbst ihre Brüste, die immer wieder mal herausschauten, waren wie frisch vom Bäcker. Ich dachte, ich träume.

Sie nahm ihre Tarotkarten auf und fragte: „Was du sein? Stier?"

„Fisch."

„Ah, Fisch?"

„Ja, was dagegen?"

Sie verzog das Gesicht wie früher Karl Marx, wenn er „Kapitalismus" sagte. Oder später Bruno Kreisky, wenn er „Simon Wiesenthal" hörte.

„Kannst du nicht sein Stier?", fragte sie.

„Kann ich probieren", sagte ich.

Sie lächelte und nahm meine Hand, fuhr mit ihrem verdammt langen Zeigefinger die Linien der Handfläche entlang. Mit denen immerhin war sie ganz zufrieden. „Hand gut."

Dann bat sie mich, ein paar Karten abzuheben, und auch die gefielen ihr nicht schlecht. Schließlich hielt sie mir noch ihr Pendel vor die Nase und beamte mich beinahe damit weg. Ich konnte ihre Pendlerei gerade noch rechtzeitig stoppen, indem ich ihr Handgelenk fasste.

Sie mochte meinen festen Griff und sagte: „Alles gut mit dir, starke Mann. Nur Fisch ist scheiße."

Dann fasste sie mir an die Hose und meinte: „Oh, là, là." Schob aber ein oh-là-là-relativierendes „Für dich fünfzig!" nach.

Ich fragte mich, ob sie für mich teurer geworden war oder billiger? Und überhaupt: Wo sollte ich auf die Schnelle fünfzig Eier herkriegen, wo ich meinen letzten Zehner, der eigentlich Ringo gehörte, auf *Fanny Bunny* gesetzt hatte? Wenn diese Rumänen arm waren, was war dann ich? Es war schon traurig, dass ich mir keine Nummer leisten konnte. Ich schob es auf den Kapitalismus, der für mich einfach keine Nummer um fünfzig Euro vorgesehen hatte.

„Bleibt immer noch Internet für dich", sagte sie.

Bevor ich ihr verzweifelt einen Fünfer anbieten konnte, den ich nicht hatte, mir aber von Herschel ausborgen würde, sobald er vom Klo zurückkam, stand Gutti endlich in der Türe.

Ich fragte Gina, ob auch er hereindürfe, und sie sagte: „Solange er ist kein Fisch."

Ich sagte: „Du wirst lachen, aber er ist Stier."

„Sieht aus wie Wal."

„Dann halt Stierwal."

So viel Eis konnte die Antarktis nicht verlieren, dass man Guttis geschwollene Knie damit hätte beruhigen können. Gina erbarmte sich seiner, wackelte ein wenig mit dem Arsch und fand Eis im Gefrierfach. Sie wickelte es in zwei Geschirrtücher. Und dann musste er die Hose runterlassen. Ein Ereignis, auf das sich niemand von uns wirklich gefreut hatte.

Mit seinen weißen, prallen, rotgepunkteten Schenkeln saß er nun in der Küche. Ich wollte die Vorhänge zuziehen, damit das Fleisch in der aufgehenden Sonne nicht noch stärker leuchtete, aber Gina hatte keine. Sie umwickelte Guttis Knie bei einfallender Morgensonne und war dabei ganz Fürsorge. Wäre sie Chefin der Sozis gewesen, dann müsste man sich um den Haufen falsch abgebogener SUV-Fahrer keine Sorgen mehr machen, absolute Mehrheiten wären diesen Schafsköpfen wieder sicher. Aber sie war nun mal Rumänin und wahrscheinlich nicht einmal Kommunistin.

Nachdem sie Gutti versorgt hatte, schenkte sie uns Kaffee ein. Das war es, was ich jetzt brauchte. Leider gab sie uns auch Schliwowitz aus ihrem Flachmann dazu, und den verwendete ich nicht einmal zur Fußpflege. Ich schüttete das Zeug unter die Eckbank und sagte: „Aaaaah, lecker!"

Während Gutti mehr Zucker wollte, wollte ich endlich Bohnenpfanne.

Ich sagte: „Kann ich?"

Und sie fragte: „Mit Spiegeleiern drauf?"

Es war wie im Himmel, und plötzlich hatte ich es gar nicht mehr so eilig, zum Rathaus zu kommen. Das war vielleicht das große Problem der Revolution: dass sie immer vor irgendeiner Bohnenpfanne an irgendeinem Tisch zum Erliegen kam.

Als sie mir die Pfanne mit Eiern drauf servierte, wackelten ihre Melonen vor meinen Augen, und ihre dunklen Augen verzauberten mich wieder mit loderndem Feuer. Ich dachte an Jackys Äpfelchen, während ich ihre Melonen ansah. Beides zusammen, und, wer weiß, vielleicht wäre ich endlich glücklich gewesen?

„Der alte Herr am Klo weiß nicht mehr, wo er heute übernachtet hat", erklärte ich Gina endlich unsere Mission.

Da musste sie lachen wie eine alte Ziege, denn sie wusste, dass es sich dabei – „Tut leid mir wirklich sehr!" – um einen alten Trick einiger ihrer Landsleute handelte. Frauen würden gezielt bei Seniorenveranstaltungen Ausschau nach alten Männern halten, erzählte sie uns, ihnen Hoffnung auf einen Fick machen, sich für eine Nacht über eine Onlineplattform in eine Wohnung einmieten und die armen Kerle dann dorthin einladen, während ...

Ich sagte: „Nein!"

Und sie: „Doch! Ist so, leider, leider, leider. Welt nicht gut, Welt sehr schlecht."

Mit Sorge dachte ich an Herschels Kunstwerke und an den Tresor, den er hinter einem der Kunstwerke stehen hatte und der nie verschlossen war, weil er sich die Kombination dafür nicht mehr merken konnte, an seine Uhrensammlung und sonstigen Wertsachen darin, an seine teuren Pyjamas im Kasten, die ganzen Manschettenknöpfe aus Gold sowie Krawatten aus Seide.

„Dann muss es hier im Bau jemanden geben, der solche Wohnungen vermietet", kombinierte Guttmann, der sich diese Abzockmasche genau notiert hatte, dabei aber immer langsamer wurde mit Schreiben. Mir schien, als würde er überhaupt bald einschlafen.

„Möglich ist", sagte Gina.

„Wie möglich ist?", fragte er mit schwerer Zunge.

„Fifty-fifty", sagte sie.

Ich stieß Gutti, der seinen Fettschädel müde mit seiner Fetthand stützte, ins Seitenfett, und endlich kapierte er.

Er legte ihr einen Zwanziger auf den Tisch, und sie sagte: „Ist Mann, was vermietet Wohnung." Nahm den Zwanziger und steckte ihn ein.

Ich stieß Gutti noch einmal an, und er legte einen Zehner nach.

„Ist groß Mann mit dick Bauch."

Das konnte jeder im Bau sein. Also noch ein Zehner.

„Wohnt er da drüben."

Das zog sich. Sie war da irgendwie sehr routiniert.

„Ist in Ahornhof, Stiege 5, vierter Stock", sagte sie nach dem nächsten Zehner.

Einen hatte er noch: „Name und Tür?"

„Kurz ist Name von böse, böse Vermietermann, Tür ist 17. Aber psssst, ist illegal Vermietung von Gemeindewohnung, ich nix wissen von nix."

Gutti notierte: „Ahornhof, Stiege 5 also, Tür 17, im vierten Stock ..." Der vierte Stock machte ihm Sorgen.

Ich fragte ihn trotzdem, ob er sich diesen Kurz mal anschauen wollte, wo wir schon mal hier waren, und er sagte: „Wenn's denn sein muss."

So ein illegaler Vermieter hatte vielleicht die eine oder andere Info über Vorgänge im Gemeindebau, und er wusste vielleicht, wo eine gewisse „Greta" aka eventuell „Chantalle" aka „Autohasserin" wohnte.

Gutti schoss den Rest seines Kaffees hinunter, während ich meine Bohnenpfanne vernichtete, nahm sich die Eiswickel von den Knien und stand müde auf. Dann zog er sich die Hose bis zu seinem Äquator hinauf und schnürte drumherum den Gürtel, einen verdammt langen Gürtel. Mit dem konnte man auch Pferde an eine Kutsche hängen!

Endlich kam Herschel vom Klo zurück und meinte: „Wird jetzt gefickt?"

Den hatte ich fast vergessen!

Ich fragte Gina, ob er für eine Stunde bei ihr bleiben könnte, bis wir nämlich die Arbeit hier erledigt hätten. „Und übrigens, von einer gewissen Chantalle mal was gehört? Auffällig rote Haare, den Kommunismus im Blut wie deine Väter?"

Sie meinte angewidert: „Lass in Ruhe mich mit Kommunismus, wääh, pfui! Aber möglich ist, dass Opa hierbleibt. Kaffee?"

Sie bot ihm Kaffee an und er nickte begeistert, beinahe wie ein Vollidiot, während ich ihn in die Seite stieß und bat, Gina doch bitte einen Fünfziger zu geben dafür, dass er bei ihr bleiben durfte. Da erst merkte er, dass ihm die Geldtasche fehlte, und wie die Sterbende in der Oper schrie er: „Ohh! Meine Geldtasche!"

Gina konnte ihn mit einem routinierten Griff an die Hose beruhigen, dabei sagte sie: „Oh, là, là. Kann Opa gerne auch zahlen später."

„Und ich bin nicht mehr oh, là, là, oder was?", fragte ich ein wenig beleidigt.

Schon war ich froh, Jacky nicht mit ihr betrogen zu haben!

***

Gutti und ich gingen die Treppe hinunter, er stolpernd wie der sterbende Kommunismus, ich aufrecht wie ein gut gefüllter Geldspeicher der Reichen. Das bisschen Kaffee mit Schnaps hatte ihm nicht gutgetan und diese Seite an seinem Job hatte er noch nie gemocht: bei der einen Türe hinein und mit zwei neuen Adressen wieder hinaus. Treppen rauf, Treppen runter. Der Abstieg war für Guttis Knie dann immer noch schlimmer als der Aufstieg, jeder Schritt bedeutete einen Schmerzanfall. Wäre ich ein paar Jahre jünger gewesen und er ein paar Kilo leichter, hätte ich ihn huckepack genommen.

So aber fragte ich ihn nur: „Was hältst du von ihr?"

„Sie hat unglaubliche Titten, wirklich unglaubliche."

„Titten sind nicht alles, Gutti."

Aber er war nun mal der Tittentyp, besser gesagt, der Muttertyp. Er stellte sich die Sozis immer als gütige Mütter mit riesigen Brüsten vor, ewig gut gefüllt mit Bier und Milch und gerne auch mit weißem Spritzer oder Ketchup, damit die Armen und Hingeschissenen daran saugen konnten bis in alle Ewigkeit, wenn er sich in *Dirty Willis Swedish Pornhouse Big-Mama-Mia*-Filme mit Big Mama Mia in der Hauptrolle auf der Leinwand ansah, die sich dort ihre Quasten lecken ließ.

Und apropos Willi. Ich checkte kurz mein Phone, und er hatte mir schon wieder vier neue Nachrichten geschickt. „Wo sind die blauen Pillen?", fragte er. „Herrgott, ich brauche heute die blauen Pillen! Ich habe eine zum Ficken bestellt!" Dabei war doch heute der Tag der Roten.

„Na gut, was hältst du von ihr?", fragte Gutti mich schließlich.

„Absolut auch mein Typ!", sagte ich.

„Ich meine, im Hinblick auf die Ermittlungen."

„Wieso denn Ermittlungen?"

„Na ja, sie ist trotz allem Rumänin."

„Und?"

„Ich wollte es nur gesagt haben!"

Als Bulle bei der Wiener Polizei kriegte man seinen Alltagsrassismus nie ganz in den Griff. Zu oft hörte man von den Balkanroutenschließern und dass die Bösen immer nur die Ausländer waren. Und oft genug waren sie es natürlich auch, was aber auch damit zu tun hatte, dass jeder Zweite, der hier lebte, vom Balkan stammte.

„Wir brauchen diese Leute!", sagte ich. „Oder vielmehr: Die Reichen brauchen sie, damit sie ihnen den Arsch abwischen und den Dreck wegräumen!"

„Ach?"

„Und dann ist es vor allem so, dass die Scheißreichen immer ungeschoren davonkommen, wenn sie ihre Kapitalverbrechen begehen und dem Staat das Geld aus den Taschen saugen, während die Kleinen immer die Handschellen angelegt kriegen, sobald sie auch nur irgendwo ein Stück Seife mitgehen lassen. Das verzerrt die Wahrnehmung und verstärkt deine Vorurteile!"

„So siehst du das?"

„So sehe ich das. Habe ich dir schon von Jacky erzählt?"

„Der Hure?“

„Siehst du? Sie ist keine Hure, sie ist Pianistin! Ihre Alten hatten einen gutgehenden Blumenladen im Kongo so wie deine. Bis irgendwelche reichen Säcke … Ach, was rede ich überhaupt mit dir!“

Mittlerweile war es halb neun geworden, und ungefähr um diese Zeit trafen wir uns immer vor Lemmys Bude, um von dort aus gemeinsam zum traditionellen Erster-Mai-Frühstück bei Jolanda zu latschen: ein kleines Bier gegen den Durst und ein großes zum Trinken. Dazu ein paar Würstel und eine erste Zigarette. Dazu vier Gramm russische Brühe. Dazu ein Teller Gulaschsuppe der feurigsten Art. Das alles zusammen verkaufte sie um wohlfeile vier neunzig. Wer sich dann sputete – und wer nicht dringend aufs Klo musste! –, der konnte es noch rechtzeitig zum Treffpunkt am Johann-Nepomuk-Berger-Platz schaffen, von dem aus wir immer zum Rathaus marschierten, „Die Arbeiter von Wien“ singend und unsere roten Fahnen schwenkend. Richie Rich hatte das alte Tuch mit Gold und Stickereien dran, etwas, wo einem das Herz aufging. Ich selbst trug einen normalen roten Fetzen, allerdings an einer Fahnenstange aus Holz montiert, die man in der Mitte noch teilen konnte – für den Fall, dass irgendwo Nazis auftauchten, die man damit verprügeln konnte. Nach hundert Metern legten wir auf der Ottakringer Straße den ersten Zwischenstopp ein, wo wir im *Café Gloria* ein kleines Bier gegen den Durst … Und so weiter.

Während Gutti über den Ulmenhof taumelte und ich ging, rief Fink der Griffelschwinger von der Stadtzeitung *Schmetterling* an und fragte, wo wir denn wären: „Ich stehe vor Lemmys Tür, aber keiner von euch ist da. Nicht einmal Lemmy!“

Ich sagte ihm, wo wir waren. Und dann, wo in der Hood mein mintgrüner Datsun stand. Und schließlich noch, wo in Lemmys Bude der Reserveschlüssel für den Datsun lag. „Zwischen den LPs mit den Buchstaben L wie *Led Zeppelin* und M wie *Mötley Crüe*! Der Zweitschlüssel für Lemmys Bude liegt in der Blumenkiste neben seiner Eingangstür!"

Tatsächlich hatte Lemmy eine Blumenkiste neben seiner Eingangstüre stehen, in der er alles Mögliche deponierte, auch mal die Rauchwaren für Stammkunden, bevor er sich selbst auf seiner Couch unten wegschoss und tagelang zu keinem Geschäftsabschluss imstande war. Dann legten die Kunden den Kaufpreis in die Blumenkiste und Lemmy holte das Geld irgendwann heraus – wenn er nicht darauf vergaß oder es nicht längst die Hunde der Gegend angefeuchtet hatten.

Fink sagte: „Vor seiner Eingangstüre steht ein mobiles Scheißhaus, weißt du das? Und hast du überhaupt schon gehört, dass einem Freund vom Kanzler das halbe Ohr abgerissen wurde und dass der Kanzler selbst in einem Darkroom gesichtet wurde?"

Wieder sagte ich nur: „Man hört so einiges in diesen Tagen." Und legte auf.

Gutti hatte sich plötzlich der Länge nach auf eine Bank in der Mitte des Ulmenhofs gelegt, wie ein Umzugsarbeiter, der gerade zwei Klaviere geschleppt hatte. Ich setzte mich zu ihm und zündete mir eine an.

Der Tag hatte mit Jacky so gut begonnen, aber schön langsam kam der übliche Sand ins Getriebe. Dagegen half am Ende nur Brühe. Ich griff nach meinem Flachmann, den ich im Herrenhandtäschchen immer bei mir hatte, bei Richie hatte ich ihn noch einmal gut angefüllt. Ich nahm einen entspannenden Schluck und fühlte mich gleich besser, steckte den Flachmann zurück und nahm das Ding aus meinem Hosensack. Es sah wie ein Ohr aus und fühlte sich wie ein Ohr an.

Was war passiert, fragte ich mich wieder. Hatte ich dem Arschgesicht das Ohr abgerissen, weil ich gestern wieder so verdammt sozialistisch war? Vielleicht zu sozialistisch?

„Was hast du denn da in der Hand?“, fragte Guttmann.

„Ein Ohr.“

„Sehr witzig.“

Ich nahm noch einen Schluck und steckte das Ohr zurück in die Hose. Erst mal gar nichts tun, das war das Wichtigste, wenn man nicht wusste, was man tun sollte.

Auf einer der anderen Bänke saß eine alte Frau und vertrödelte ihre wenige noch verbliebene Zeit mit Taubenfüttern. Das war eigentlich verboten. Aber verboten war auch, als Politiker Geschenke von Reichen anzunehmen, sagen wir: goldene Uhren, um Gesetze nach ihren Wünschen zu formulieren, und trotzdem passierte es ständig. Zwei rote Nelken lagen neben ihr auf der Bank, aber trotzdem war sie schlecht gelaunt.

„Das ist alles, was ich mir noch leisten kann ...“, murmelte sie in ihren Damenbart hinein. „Die paar Cent für das alte Brot für die Tauberl! Das Leben ist so deppert geworden, Dolfi, sei froh, dass du nimmer lebst.“ Dabei strich sie sich mit einer Hand an der Stirn über ihren Pony, den sie sehr akkurat geschnitten hatte.

Ich fragte: „Was ist so deppert geworden? Ich habe Sie akustisch nicht verstanden.“ Das war einer meiner Lieblingssätze: „Ich habe Sie akustisch nicht verstanden.“

Sie blickte auf und schrie: „Das Leben! Wir haben nix, aber der Trottel da oben hat alles!“ Mit aller Verachtung, zu der sie noch fähig war, warf sie ein Steinderl in Richtung der Westfront, wo die Sonne so schön hinknallte – auf die Costa Smeralda des George-Washington-Hofs gewissermaßen. Aber es landete schon nach zwei Metern im Gras. Sie hatte weniger Kraft als Monty Burns, der Kernkraftwerksbesitzer aus Springfield.

Da oben, wo sie hinschießen wollte, war so etwas wie ein Dachausbau mit Giebel und einem großen Balkon oder sogar einer großen Terrasse. Die Alte und ich schauten hinauf, während sich Gutti schon im Halbschlaf wie ein Walbulle auf die andere Seite drehte. Der Mund stand ihm offen, die Sonne schien hinein und Sabber lief ihm heraus. Dabei murmelte er: „Was für ein Trottel?"

„Was?", fragte sie zurück.

„Von was für einem Trottel Sie da reden, will ich wissen."

„Wer fragt?"

„Guttmann sein Name, Kriminalpolizei", antwortete ich für ihn.

„Na, servas. Ihr seids mir vielleicht schöne Kieberer. Liegts schon in aller Herrgottsfrüh besoffen auf der Bank herum und schlafts euren Rausch aus."

Er sagte: „Nix Kieberer. Mordermittler. Und nix besoffen. Nur leicht ... Was weiß ich, was mit mir los ist." Er wirkte tatsächlich schwer angeschlagen, noch schwerer als sonst. Ich machte mir Sorgen, ob er den nächsten Ersten Mai noch erleben würde und ob wir es an diesem noch zum Rathaus schaffen würden.

„Der Trottel", ließ sie uns wissen, „ist der Bezirksvorsteher, der sich da oben am Juchee gut eingerichtet hat, der feine Herr Rudi Dokupil mit seiner Familie – Gattin, Rotzbub, Rotzmädel. Glauben Sie, dass die heute zum Maiaufmarsch gehen? Ich glaub's nicht. Und wieso nicht? Weil der Herr Dokupil keine Ideale mehr hat, keinen Sinn mehr für wahre Werte. Sonst hätten wir Armen auch was zum Fressen und täten nicht im Winter frieren müssen."

Gutti fragte: „Ist der Bezirksvorsteher hier im zehnten Bezirk nicht ein Sozi?"

„Ha! Ein Sozi!“, sagte sie schneidig. „Der Kreisky war noch ein Sozi! Und die Dohnal war noch eine Sozi! Kennen Sie die Dohnal?“

Natürlich kannten wir alle die Johanna Dohnal. Keine konnte rauchen wie die ehemalige Chefin der Sozialistischen Frauen, und keine konnte mit den Männern besser Schlitten fahren als sie. Ohne Dohnal würden immer noch alle Ladys in der Küchenschürze hinter dem Herd stehen und Braten machen, wie die Schmalanzugkerzenschlucker das wollten. Wegen der Dohnal trugen alle Frauen irgendwann Minirock und fingen an, sich die Beine zu rasieren. Außerdem warfen sie ihre BHs weg, bis es dann wieder BHs gab, die man auch anziehen konnte. Wir Männer liebten die Dohnal, denn wir verdankten ihr sehr viel.

„Aber die Schütte-Lihotzky“, sagte die Alte, „das war überhaupt die Beste. Und wissen S’ warum? Weil die gleich richtige Kommunistin war und nicht nur Sozialistin.“

„Die wer?“, fragte ich.

„Haben S’ keine französische Küche daheim?“, fragte sie schneidig.

„Keine was?“

„Geh, was red’ ich überhaupt mit Ihnen über die Schütte-Lihotzky! Seh’n S’ nicht, dass ich ausschau’ wie sie mit meinen Stirnfranseln? Die Chantalle hat mir die Frisur von ihr geschnitten und nicht einmal was verlangt dafür, von mir verlangt sie nämlich nie was, so ein liebes Mäderl ist das.“

„Eine Friseurin?“, stammelte Guttmann.

„Na, glauben S’ vielleicht, ich lass’ mir von einem Fleischhauer die Haare schneiden?“

„Ist das die Chantalle, über die es heißt, dass sie Kommunistin ist?“, fragte ich.

„Und ob die Kommunistin ist! Ich mach' ja noch immer jeden Mittwochabend die Bücherei da im Bau. Ist eh für die Fisch, aber halt auch wieder nicht, weil die Chantalle nach der Arbeit zu mir kommt und sich die ganzen kommunistischen Bücher ausborgt. Dann verschlingt sie alle dort bei der Sandkiste. Aber natürlich, die Gfrasta, die schmeißen ihr Sand ins Gesicht, weil sie eine Leserin ist, und nennen sie behindert. So blöde Leut' sind das, deppert wie die Nacht finster. Aber gleich kommt sie, dann geh'n wir gemeinsam zum Rathaus. Schauen S', eine Nelke ist für mich, eine für sie."

Sie zeigte uns ihre zwei Nelken, während ich mir einen Spruch anschaute, der in die Bank geritzt war: „Tötet Chantalle!"

Guttmann fragte: „Wissen Sie vielleicht, wie sie mit Nachnamen heißt? Wo sie wohnt?"

„Bin ich die Auskunft? Ich bin ja nicht einmal mehr die Hausmeisterin! Irgendwie wird sie schon heißen, und irgendwo wird sie schon wohnen! Und da drüben irgendwo lernt sie Friseurin!" Das war dann wohl der Friseursalon, an dem ich heute schon vorbeigekommen war und auf dem „FFF" an die Wand geschmiert stand.

„Familiärer Hintergrund?", fragte Gutti weiter aus der Waagrechten. Das war die Form der Ermittlung, an die er sich gewöhnen konnte.

„Was?", fragte sie.

„Kennen Sie ihre Eltern?"

„Eltern!", sagte sie verächtlich. „Der Vater ist längst weg, aber nicht ohne Grund, sag' ich Ihnen, weil die Mutter ... na ja. Möchte wissen, ob es einen gibt da im Gemeindebau, der noch nicht bei ihr war. Als wär' sie ein Wirtshaus!"

„Aha", sagte Guttmann und zeigte unverhohlen Interesse an der Mutter, die man anscheinend mit ein wenig

Geld überzeugen konnte, nett zu einem zu sein. Aber hatten wir überhaupt noch Geld?

„Wissen S' was?", erzählte die Alte weiter. „Jetzt will die Chantalle neben der Lehre sogar die Schule fertig machen und dann studieren. Ich hab' gesagt: ‚So machst du das, Chantalle. Genau so! Und dann wirst du erste Bürgermeisterin von Wien.' Und sie hat gesagt: ‚Genau so mach' ich das, Evelyn. Ich werde erste Bürgermeisterin von Wien!' So eine Freude hab' ich mit dem Kind. Sie geht immer durch den Hof und klaubt die Papierln auf und die Zigarettenstummeln von den ganzen Trotteln, die die ganze Nacht dastehen und rauchen und saufen und schreien und die Papierln wegschmeißen. So traurig ist das. Schau'n S' sich das an, überall die Dosen, der Dreck. Ich schäm' mich so für die Menschen, was ist denn aus uns geworden?"

Sie war desillusioniert, am Ende mit ihren Träumen. Auch weil sie, wie sie weiter erzählte, bis vor zwanzig Jahren hier Hausmeisterin gewesen war. Dann hatten die Verrückteren unter den verrückten Sozis mit den komplett verrückten Kerzenschluckern zusammen die Hausmeisterposten abgeschafft, dazu noch die meisten Postämter und Bahnhöfe im Land zugesperrt, und sie hatten alle Parkbänke, auf denen ein Sandler schlafen konnte, durch solche ersetzt, auf denen man nicht einmal mehr sitzen konnte. Die Sozis waren im Arsch der Reichen verschwunden. Sie hatten begonnen, selbst goldene Uhren zu tragen und beschissen geschnittene Anzüge zu tragen. Und während sie Despoten und Diktatoren berieten, wurden sie selbst immer fetter, also so richtig fett. Und mit jedem Kilo, das die Weinsäufer und Kaviarfresser sich auf die Rippen fraßen, wurden ihre Wähler weniger, bis sogar der Gemeindebau die Nazis wählte. Nur sie, die alte Zahadil, war noch rot. So rot, dass ich mir wünschte, Herschel würde sich nach einer wie ihr umschauen, anstatt „jungen Dingern" nachzulaufen.

„Meinen Sie die Chantalle, die mit dem roten Stern herumlief ... äh ... -läuft?", fragte ich, um ganz sicherzugehen, dass wir von derselben Chantalle redeten.

„Na, freilich! Mit einem roten Stern auf ihrem Kapperl. Ganz zerfetzt ist es schon, weil die Gfrasta es ihr immer wieder herunterreißen, der Abdullah, der Ahmed, der Ali, der Bilal ..."

Sie zählte sie alle dem Alphabet nach auf. Bei „Chadi" waren wir alle fast eingeschlafen. Bei „Rudi" wurden wir dann aber wieder hellhörig.

„Der Rudi?"

„Ja, freilich, der Bub vom Bezirksvorsteher, der noch einmal größere Trottel. Der hat schon zwei Monsterautos zusammengehaut und jetzt muss er auf ein neues sparen, weil ihm nicht einmal der Alte mehr eins kaufen will."

„Geht er einer geregelten Arbeit nach", fragte Guttmann, „um sich den Traum von einem neuen Auto erfüllen zu können?"

„Da drüben ist er der Chef von den Müllküblern. Normalerweis' ist das in Wien was, da stehen sie um die Ecke an, dass sie dort arbeiten können. Und normalerweis' solltest du lesen können, sonst weißt du ja nicht, welche Straßen du kehren sollst."

„Und trotzdem hat er es geschafft?", murmelte Guttmann aus seinem Halbschlaf heraus.

„Was heißt, geschafft? Der Herr Papa hat ihn dort untergebracht, und der feine Herr steht jetzt in der Früh auf und geht die paar Schritte durch den Hof hinüber zum Depot wie der König zur Krönung. Dabei ist ihm der Müll persönlich kein Anliegen, das ganze Plastik von der Billigwurst und die ganzen Bierdosen – alles schmeißen sie dort in den Restmüll. Die Chantalle hat ihm aber eh schon gesagt, dass er das nicht tun darf, wegen den Walen. Oder wegen die Eisbären, die dann das Plastik fressen? Weiß ich jetzt nimmer so genau, aber irgendsowas."

Plötzlich schrie einer aus einem Fenster von weit oben herunter: „Hearst! Hörst auf, die Tauben zum Füttern?"

Und sie schrie zurück: „Gusch, Depperter!" Dann musste sie laut lachen und den Kopf schütteln, schaute dabei Gutti an und sagte: „Erst hab' ich geglaubt, dass er der Beier ist. Aber er kann gar nicht der Beier sein, weil er ja eine Hose anhat."

„Dass er wer ist?", fragte ich interessiert, als ich „Hose" hörte.

„Der Doktor Beier, der noch einmal größere Trottel."

„Doktor" klang interessant für Gutti. Er öffnete die Augen und fragte: „Hat der vielleicht eine Salbe für meine Knie?"

„Das glaub' ich eher weniger", lachte die Alte wieder. „Der ist ein Doktor, der was denkt."

„Trägt er gelegentlich Handschellen mit sich herum, wenn er ohne Hose in den Hof geht?"

„Und sein Hundsvieh hat er auch immer mit, das er nie anhängt!"

„Wissen Sie wenigstens, wo der wohnt?"

„Das weiß ich. Weil wenn nicht er der Beier ist ..."

Sie deutete noch mal auf Gutti.

„... dann ist es der, der was grad aus dem Fenster da oben herausgeschrien hat, Stiege 24, vierter Stock."

Interessant: „In Stiege 24 ist er sicher nicht verschwunden!", hatte Herschel gesagt. Und vier war das Stockwerk, das Guttmann nicht mehr erklimmen hatte wollen. Er kippte endgültig weg, als er das hörte, und ich wusste nicht, was ich mit ihm machen sollte.

Also fragte ich die alte Zahadil, ob sie nicht kurz auf ihn aufpassen könnte, und sie lachte erneut: „Damit ihn die Ratz'n net fressen? Aber na guad, pass ich halt auf ihn auf, bis die Chantalle kommt. Dann bin ich weg, dann geh'n wir zum Rathaus, sie und ich. Mit unseren zwei roten Nelken."

Und ich konnte ihr nicht sagen, wie sicher ich mir war, dass sie genau das nicht tun würden.

***

Ich verzichtete vorerst auf einen Besuch beim illegalen Vermieter, zog stattdessen Gutti die Polizeimarke aus der Hose, zündete mir eine an und ging zur Stiege 24. Dort öffnete ich die Haustüre und schälte mich geschmeidig die Treppen hinauf. Schon beim Eingang las ich wieder Gemeindepost: Schwule Sau! An wen die wohl adressiert war?

Ich ging vorbei an einem Blumentopf im zweiten Stock, der auf dem Fensterbrett neben der Wohnungstüre einer Frau Kucharik stand, wie das Türschild mir verriet. Diese alten Schachteln mit ihren Pflanzen, die sie überall herumstehen ließen, dachte ich. Und richtig: Kaum dämpfte ich meine Zigarette in ihrem Topf aus, ging schon die Türe auf und sie schrie mich an: „Hören S', Sie ...!"

„Was ist?", gab ich zurück. Meine Streitlust ließ nach, als ich Kaffee aus ihrer Wohnung roch.

„Das ist mein Plumosus!"

„Wen interessiert's?"

„Wissen S' denn nicht, wie giftig so ein Tschickstummel ist? Wie viele tausend Jahre der im Kreislauf von der Natur drinnenbleibt?"

„Von wem haben Sie denn das wieder gehört?"

„Von der ... na, wie heißt sie denn, von der ..."

Ich konnte mir längst denken, wer ihr das mit dem Tschickstummel gesagt hatte, aber mir gefiel halt, wie sie den Namen in ihrem verkalkten Hirn suchte. Ich unterstützte sie ein wenig, indem ich fragte: „Von der Dings vielleicht?"

„Na, ned von der Dings, von der ... Wenn S' den Stummel nicht ausatuan, dann ruf' ich die Polizei!"

Damit konnte sie mir aber nicht drohen: „Die brauchen Sie nicht zu rufen, die liegt schon unten im Hof."

Da wurde sie plötzlich hellhörig, kam sogar ein paar Schritte aus der Wohnung heraus und flüsterte mit ihrem Mund ganz dicht an meinem Ohr: „Wirklich? Hören S', sind Sie vielleicht auch von der Polizei?"

„Ich bin mit ihr befreundet!", gab ich zurück. „Wenn Sie's schon so genau wissen wollen. Aber selbst in den Dienst eintreten wollte ich nie, das wäre mir zu stressig gewesen. *Firma Rast und Ruh, vormittags geschlossen, nachmittags zu* – dort erreichen Sie mich."

„Geh'n S', junger Mann. Könnten S' mir den Inspektor nicht vielleicht trotzdem kurz heraufschicken, ich hätt' ihm was Wichtiges zum Erzählen, weil heute in der Früh hab' ich ..."

„Ich kann mir schon vorstellen, was Sie ihm zu erzählen haben: dass irgendwer Ihre Pflanzen umstellt und dass die Polizei für Sie herausfinden soll, wer das ist. Kennen wir alles längst aus dem Fernsehkrimi, interessiert keinen Menschen!"

„Aber ich weiß doch eh, wer es ist, darum geht es doch gar nicht!"

„Und Inspektor gibt's sowieso keinen, wie wir ebenfalls längst wissen! Oder haben Sie nie den *Kottan* geschaut?"

„Aber ... jetzt hören S' doch zu, ich will ganz was anderes erzählen, es geht um ..."

„Habe die Ehre!"

***

Im dritten Stock roch ich den Kaffee aus ihrer Wohnung noch deutlicher, was mit der aufsteigenden heißen Luft zu tun haben musste. Langsam kam ich in meinem gelben Jogger ein wenig ins Schwitzen, die Sonne drängte sich immer stärker in den Ersten Mai hinein. Ich zog den Hoodie aus und band ihn mir um den Bauch.

Bei Gina hatte ich wegen Sodbrennen noch auf Kaffee verzichtet und auch auf den Schnaps. Langsam aber legte sich das Sodbrennen und die Venen meldeten Kaffeebedarf an. Ich hatte ja kaum geschlafen während der letzten Nacht oder nicht sehr viel, und schön langsam kriegte ich Bettschwere, einen leichten Zug in Richtung Jacky. Ich überlegte kurz, zur Kucharik zurückzugehen und sie um einen Schuss Mokka zu bitten, aber die Gesprächsbasis mit ihr war weitgehend zerstört, das musste man nüchtern sehen.

Ich schraubte mich also ohne Mokka weiter in den vierten Stock und läutete an der Türe des Herrn Doktors. Dort fragte ich mich, was genau ein „Doktor" sein sollte, „der denkt", wie die Kucharik gesagt hatte. Fand darauf aber keine Antwort. Es tat sich nichts, also läutete ich noch einmal. Fragte mich wieder, *worüber* ein Doktor, der dachte, nachdachte? Und fand auch darauf keine Antwort.

Plötzlich dachte ich selbst nach: über mein Leben im Allgemeinen, das nicht sehr erfreulich war, und über Jacky und Gina im Besonderen, die beide sehr erfreulich waren. Und über gestern. Hatte ich tatsächlich einem das Ohr abgerissen? Und wenn dem so wäre: Hut ab! Schnaps machte mich immer so unleidlich, da konnte es sein, dass ich richtig kommunistisch wurde: Friede den Hütten, Paläste für alle! Schließlich dachte ich schon wieder: Ein Kaffee wäre jetzt nicht schlecht! Und dann: Ist das schon wieder ein Dick Pic von Willi, das er mir über den Messenger zukommen ließ?

„He, Rock, die blauen Pillen wirken schon ganz gut, was meinst du?", fragte er mich in einer mitgeschickten Textnachricht.

Ich schrieb zurück: „Na ja, geht so."

Endlich hörte ich etwas hinter der Türe. Es waren die trägen Bewegungen eines sehr müden Hundes. Sie passten irgendwie gar nicht zu dem Schild, das an der Türe hing und sagte: „Lieber Einbrecher, ich freue mich auf deine Innereien!" Die Einbrecher, an die sich der Spruch wohl richtete, würden ihn aber ohnehin nicht kapieren, wegen allgemeinen „Nix verstehen!"-Alarms. Vorsichtshalber griff ich aber nach meiner Bleispritze, um die Töle mit Metall zu füttern, falls sie doch nicht so müde war, wie sie mir hinter der Türe vorkam, und stattdessen richtig Hunger hatte.

Dann hörte ich, wie Dutzende Schlösser entsperrt wurden, von ganz oben bis ganz unten. Da hatte der Doktor richtig investiert! Endlich ging die Türe dann auch auf, und ein Fettberg in seinen Unterhosen stand vor mir. Weder hatte er sie gewechselt, seit er Herschel unten angehängt hatte (Beweis: das Gelbe!), noch hatte er sich in seine Jogginghose bemüht, die in jeden ordentlichen Haushalt gehörte. Da sah man wieder, wozu ein Studium führen konnte! Wer keine Jogginghose zu Hause hatte, der verlor die Kontrolle über sein Leben – meine Meinung!

Seine Tighty Whities trug er auf die gute, österreichische Art: seit ungefähr einem Jahr. Typ enttäuschter Sozialdemokrat, der sich jetzt für das Querdenken interessierte. Sein Unterhemd hatte den Vorteil, dass er es nicht anpissen konnte, weil er es nicht über die Wampe kriegte. Es bändigte kaum seine mächtigen Tittchen, mit denen er eine ganze Armee stillen könnte. An einem Gurt unterhalb der Wampe hatte er einen kleinen Wasserkanister hängen, so wie früher die Cowboys im Wilden Westen, wenn sie das Vieh nach Wichita brachten, und ein paar Handschellen hingen auch noch daran. Irgendwo musste sein Schweizer Messer stecken, das er unzweifelhaft besaß und mit dem er sich zur Not die Zehennägel schneiden könnte. Die Not schien ihm aber noch nicht groß genug zu sein, während ich genau diese Not deutlich sehen konnte. Himmel, was waren das für gelbe Krallen? Ich zeigte ihm Guttis Lappen und sagte: „Ernst Guttmann mein Name, Mordkommission Wien West."

Aber das nahm er mir nicht ab: „Wenn du Bulle bist, dann bin ich Unterwäschemodel." Punkt für ihn. Anscheinend zahlte es sich doch aus, wenn man Doktor im Denken war.

„Na gut", fing ich noch einmal an. „Mein Name ist Rockenschaub, Privatdetektiv. Ich unterstütze besagten Bullen bei seinen Ermittlungen im Mord an einem jungen Mädchen, das da unten bei den Mistkübeln liegt, sowie an einer alten Frau, die ebenfalls da unten liegt. Es gibt eine Beschreibung von einem, der dort einen anderen an die Wäscheleine gehängt hat, und die passt eins zu eins auf dich. Grund genug also, mich eintreten zu lassen und mir ein paar Fragen zu beantworten, was meinst du?"

Er hatte dazu keine abweichende Meinung, trat zwei Schritte zurück und ließ mich rein.

Drinnen stank es, als hätte der Teufel selbst geschissen, aber am Ende muss wohl er es selbst gewesen sein. Hinter der Eingangstüre war das Klo, und die Türe dorthin stand noch weit offen. Ich schloss sie, was nichts am Geruch änderte, aber immerhin ein wenig Platz schaffte. Da war nämlich eine Menge Krempel in seiner Wohnung, und irgendwo darunter mussten auch seine Zähne liegen.

„Du kannst wohl auch nichts wegwerfen, was?“, fragte ich.

Ein Problem, das ich von meinem Kumpel Lemmy kannte. Wenn ich bei dem mal aufräumen wollte, dann sagte er immer: „Nicht, Rock! Das kann ich noch gebrauchen!“ Und er meinte verbrannte Streichhölzer und solche Sachen.

Ich stieg über offene Fischdosen, Pizzakartons, Klopapierrollen und Vorhangstangen, über ein altes Lavoir und zwei Autoreifen, Wattestäbchen, Schraubenzieher, Socken, eine Waschmaschinentrommel und Lötpaste. Die Regale an den Wänden waren bis oben hin mit Bohnengulasch in Dosen vollgeräumt, was, wenn er die eine oder andere Dose bereits geleert hatte, den Geruch am Klo erklärte. Unter den Regalen standen zwei Gefriertruhen. Ich öffnete eine und sah darin gestapelte Pizzakartons, Mais mit Salami um achtundneunzig Cent das Stück beim Discounter. In der anderen waren Würste und Koteletts.

Immerhin sah ich keine Leiche, womit ich eigentlich fix gerechnet hatte.

Ich verbrachte genug Zeit mit Kubelka dem Psychoschlosser, um zu wissen, wie es bei einem wie dem hier lief. „Mit dem ganzen Krempel, mit dem er sich umgibt, schafft er sich die Geborgenheit eines Nestes“, hatte er mal über so einen gesagt. Nur dass jeder verdammte Vogel sein Nest sauber hielt!

„Wie kannst du nur so leben?", fragte ich angemessen vorwurfsvoll, sogar ein wenig von oben herab. „Was hat dich bloß so ruiniert?"

Er aber blieb cool: „Mich hat gar nichts ruiniert, Mike Hammer. Ich bin einfach nur Prepper, und das ist ja wohl nicht verboten."

„Ich dachte, du bist Doktor!", sagte ich.

„Doktor auch. Aber Prepper eben auch."

„Und was soll das heißen?"

„Dass ich mich auf das Ende vorbereite."

„Auf das Ende von was?"

„Ist dir noch nicht aufgefallen, dass harte Zeiten auf uns zukommen?"

„Und?"

„So wie es aussieht, fängt der Planet bald zu brennen an. Da will ich vorbereitet sein."

„Mit zwei Autoreifen?"

„Hast du noch zwei? Dann kann ich endlich anfangen, mir ein Elektroauto zu bauen. Für einen wie mich sind die nämlich noch ein wenig zu teuer."

Ich brauchte nun wirklich dringend Kaffee. Also lud ich mich in seine Küche ein, wo es aber nicht besser aussah. Dort wollte ich „Hast du Espresso?" sagen, sah dann aber die Kaffeemaschine unter dem ganzen Schimmel, der sich drumherum gebildet hatte, und verzichtete. Sagte stattdessen: „Setz dich!"

„Wohin?"

Gute Frage.

Ich hielt möglichst unauffällig Ausschau nach einem harten Gegenstand, möglichst noch mit Blut und Haaren dran, mit dem er der Alten unten den Schädel eingeschlagen haben könnte, und nach einem Messer, mit dem er das Mädchen abgestochen haben könnte. War ja nicht ausgeschlossen, dass er es getan hatte, wenngleich ich natürlich im Moment nicht wusste, warum er es hätte tun sollen.

Blut und Haare sah ich an keinem der Teile hier kleben, und ein Messer sah ich überhaupt nirgends, dafür klebte an allem anderen, was hier herum lag, Pizzakäse. Ich schob ein wenig versautes Geschirr von seiner Eckbank, wo er nun Platz nehmen konnte, und holte die beiden Autoreifen, auf die ich mich setzte. Dabei touchierte ich mit dem Arm ein paar heraushängende Stromkabel und kriegte einen Schlag ab, es flogen sogar Funken.

„Sag mal!", schrie ich ihn an. „Was ist denn das für ein Haushalt? Was, wenn dein Hund daran anstreift? Und du hast doch hoffentlich keine lecken Gasleitungen, sonst fliegst du mir noch in die Luft!

„Ich hab' die von der Gemeinde schon so oft angerufen, aber es kommt einfach niemand, der es repariert."

„Und selbst mal was machen?"

„Nö. Ich zahl' ja genug Miete, da sollen die sich bewegen."

„Verdammt!" Das sagte einer, der in den Genuss einer günstigen Wiener Gemeindewohnung kam, um die die ganze Welt uns beneidete.

Ich deutete auf das rote Fauteuil, das mir bekannt vorkam, weil es exakt zur Sitzgarnitur, die unten beim Müllhaufen stand, passte. Seine Kampfhundmaschine im Ausgedinge hatte sich gemütlich daraufgelegt. Normalerweise war ich ja ein wenig schreckhaft, was Kampfhunde anging, vor allem, wenn sie ihre Zähne in Richtung meines Gehänges bewegten. Aber der hier hatte, ebenso wie sein Herrchen, gar keine Zähne mehr.

Ich fragte: „Du gibst ihm doch nichts Süßes?"

„Hin und wieder Schwedenbomben."

Dagegen konnte man nichts sagen.

Mit irgendeiner Schweinerei dort unten wollte ich ihn nun einfach in Verbindung bringen, also fragte ich, ob er den Rest der Sitzgarnitur dort unten abgestellt hätte, aber er schoss nur cool zurück: „Red' keinen Scheiß, Sam Spade. Wo hätte die Couch hier herinnen denn stehen sollen, ha? Und wie hätte ich sie ohne Lift hinunterbringen können, deiner Meinung nach?" Dritter Punkt für ihn. Ich wurde langsam echt müde.

„Dann weißt du vielleicht, wer die Sachen dort abstellt?"

„Es gibt Gerüchte."

„Nämlich?"

„Hast du Geld, um mich für die Gerüchte zu bezahlen?"

Er war aber ohnehin der Typ, der gerne redete, also sagte ich: „Nein."

„Na gut, dann ohne. Zum Beispiel das Gerücht, dass jeder, der einem gewissen Mistkübler dort unten, wo die Mistkübler ihren Pausenraum und ihr Depot haben, zehn oder gerne auch zwanzig Eier in die Hand drückt, dort alles abladen und sich so den Weg zum Mistplatz ersparen kann."

„Interessant. Gibt's weitere Gerüchte?"

„Der Gewisse ruft dann jeden Montag den Lastwagen seiner Einheit an, und die müssen alles abtransportieren auf Kosten der Allgemeinheit, während er selbst wieder um ein paar hundert Eier reicher geworden ist."

Ich dachte: So kann man auch Geld vom Staat zu Privat umverteilen.

„Außerdem kann man sich mit ihm in eine größere Gemeindewohnung ficken, aber natürlich nur als Frau bis fünfunddreißig. Noch überrascht, dass keiner mehr die Sozis wählt?"

Ich fragte: „Ist dieser gewisse Mistkübler denn Sozi?"

„Als Sohn vom Bezirksvorsteher?"
„Von dem, der oben mit Balkon wohnt?"
„Genau von dem. Dokupil der Löwe, wie er sich nennt, das ist sein Wahlkampfslogan. Letzte Woche haben sie da drüben auf Stiege 22 noch eine Wohnung dazugekriegt, die die Tochter nun illegal weitervermietet, das müssen dann ... Na, was weiß ich, wie viele Quadratmeter das dann sein müssen, für die sie hier schon den Schlüssel haben!"
Ich dachte: Da drüben auf 22 wäre dann die Stiege, auf der Gina wohnte. Und fragte: „Was heißt illegal vermietet?"
„Na, tageweise an Leute, die nicht hierhergehören. An Bettler, an Schwarzarbeiter, an Prostituierte, die hier ihren Geschäften nachgehen. Illegal halt!"
Der Rotzbub und das Rotzmädel, wie die Zahadil den Nachwuchs vom Bezirksvorsteher genannt hatte, haben sich also gut entwickelt im Fahrwasser ihres Alten. Beinahe wollte ich fragen, ob es über die Gattin auch etwas Unsozialistisches zu erzählen gab, nahm dann aber einen weiteren Schluck aus meinem Flachmann und bot dem Doktor auch einen an. Aber der zog seinen Orangensaft vor, den er als Sirup in einer Zweiliterflasche am Fensterbrett stehen hatte. Sie war von oben bis unten verklebt, sodass sich die Fliegen drumherum sammelten. Normalerweise verdünnte man das Zeug ja mit Wasser, aber er soff den Sprit pur. Immer stärker fragte ich mich, wie das mit der Menschheit insgesamt weitergehen sollte. Als ich darauf keine Antwort fand, fragte ich mich, warum genau ich noch einmal hier war. Ah, ja!
„Übrigens, der, den du Spinner dort unten angehängt hast, ist mein Freund Herschel, und was du getan hast, das nennt man Freiheitsberaubung."
„Interessant."

„Wenn du mir also nicht im Detail schilderst, warum du das getan hast, zieht er dir auch noch die letzte dreckige Unterhose aus, denn er ist Anwalt. Kannst du mal das Fenster aufmachen? Es stinkt hier nämlich wie bei den Schweinen."

„Kann ich nicht", sagte er. „Es klemmt. Aber von der Gemeinde kommt niemand, um irgendetwas zu reparieren, wie ich dir schon gesagt hab'."

Zu gerne hätte ich jemanden von der Gemeinde angerufen, um es reparieren zu lassen, denn zu gerne hätte ich frische Luft geatmet. Und zu gerne hätte ich auch die Vögel da draußen zwitschern gehört, anstatt des Blubberns in seiner Wampe, in der sich sein Orangensaftsirup breitmachte. Zu gerne hätte ich auch mein Gesicht in Richtung der aufgehenden Sonne gehalten, um mich ein wenig zu bräunen, und zu gerne hätte ich den Fall möglichst bald gelöst und wäre ins *Café Susi* auf ein großes und ein kleines Bier gefahren, am besten mit Jacky im Taxi. Aber meine Wünsche gingen schon lange nicht mehr in Erfüllung. Oder doch?

Plötzlich sagte er nämlich: „Arme Chantalle ..."

Was mich zu der naheliegenden Frage führte: „Du kanntest sie?"

„Natürlich kannte ich sie, jeder kannte sie. Sie hatte ein Herz für Schwache wie mich, während mich die Ausländerrotzbuben unten im Hof immer nur geschlagen oder mit Dreck beworfen haben."

„Weil du so fett bist?"

„Und besachwaltert."

„Entmündigt?"

„Besachwaltert! Aber immerhin auch besachwaltert war ich noch imstande, mich nach Chantalles Wünschen zum Besseren zu verändern. Ich ess' neuerdings nicht mehr jeden Tag Fleisch."

„Du isst zwischendurch auch Pizza?“

„Richtig. Chantalle hat gesagt, wenn wir alle ein wenig unser Leben ändern, dann wird das noch was werden mit der Erderwärmung, und der Planet fängt nicht gleich zum Brennen an. Oder ... Moment ...“

„Umgekehrt? Dass es dann vielleicht nichts wird mit der Erderwärmung?“

„Kann sein. Sie hatte ihre eigenen Ideen und ist damit allen auf die Nerven gegangen, am Anfang auch mir. Sie hat nämlich gesagt, dass der Ausländer auch ein Mensch ist. Ich bin ehrlich, da hab’ ich mir gedacht, sie übertreibt. Das mit dem Fleisch, das hab’ ich ja noch verstanden. Aber der Ausländer auch ein Mensch? Da hab’ ich ein paar Wochen nichts mehr mit ihr geredet, weil mir das so komisch vorgekommen ist. Aber dann hab’ ich sie mir genauer angeschaut, die Ausländer, und ich hab’ gesehen: Das bisserl Drogendealen, du meine Güte! Der Mensch muss ja schließlich auch von was leben können, und die Sozis schauen ja nicht mehr auf einen.“

„Meine Rede.“

„Die Chantalle hingegen wollt’ die Welt jeden Tag besser machen. Am Ende ist das natürlich sinnlos, weil die Welt im Arsch ist, und zwar wegen uns Menschen. Aber sie war halt Kommunistin, während ich Dystopiker bin.“

„Ich dachte, du bist Prepper.“

„Aber Dystopiker eben auch!“

„Sag das doch gleich!“

„Chantalle war Hoffnung, während der Rest der Jugend ... also ich weiß nicht.“

„Der Rest der Jugend trägt zumindest Hose.“ Punkt für mich.

„Ja, gut“, sagte er, „wenn du mir aus der Hose einen Strick drehen willst, dann nur zu. Da vergisst man einmal die Hose anzuziehen, und schon hat man seinen Ruf weg. Es war aber kurz nach fünf, als ich dort runterging, und um kurz nach fünf kann man auch mal auf die Hose vergessen."

Ich überlegte, ob das mit der Uhrzeit stimmen konnte oder ob er die Uhrzeit bewusst gewählt hatte, um mich in die Irre zu führen. Ich musste mit einer Fangfrage reagieren: „Mir sowieso scheißegal, was du anziehst. Mich interessiert eigentlich nur, warum du sie umgebracht hast?" Das war eine bewährte Ermittlungstechnik: eine entspannte Small-Talk-Atmosphäre schaffen, bevor man mit der Türe ins Haus fiel und die alles entscheidende Fangfrage stellte. Und dann – wer weiß? – kommt die Antwort spontan und ehrlich zurück.

Nicht aber bei ihm: „Du denkst wohl, du kannst mir eine Fangfrage stellen in die Richtung, dass ich ein Mörder bin, nur weil ich wie ein Pädo ausschau'. Aber hör zu, Nestor Burma, die Antwort auf deine Frage kann nie Ja heißen, weil sie immer Nein lautet. Ich war nur wegen des Fauteuils da unten beim Mistplatz, den ich gestern untertags dort entdeckt hatte, als ich mit Biss Gassi ging. Ich hab' mir gedacht, Rot könnte ihm ganz gut gefallen, und jetzt sieh ihn dir an! Schon macht er es sich drauf gemütlich und kann von hier aus fernsehen. Er schaut nämlich gerne *Rosenheim Cops*!"

Während ich immer müder wurde, hielt er Biss die Sirupflasche hin, und der leckte sie mit seinem Lappen ab und verdrehte dann zufrieden die Augen. Ich fragte mich, ob das Zeug vielleicht besser knallte als meine russische Brühe und ob der Zucker darin mir eventuell Flügel verleihen könnte, wenn ich daran nippte. Aber probieren wollte ich dann doch nicht. Es wäre ohnehin nichts mehr da gewesen, denn der Doktor hat den Sirup weggeschossen wie nichts, nachdem Biss gierig an der Flasche geleckt hatte. Zwei, drei kräftige Schlucke und das Zeug breitete sich in seiner Heinz-Erhardt-Gedächtniswampe neben dem Bohnengulasch und der Pizza aus. Kein Wunder, dass er kackte wie ein Kanal.

Ich stand auf und drehte mich zur Türe, die ins Schlafzimmer führte, schob sie langsam auf, bis sie nicht mehr weiter aufging, und riskierte einen scheuen Blick hinein. Ich sah ein versautes Bett auf einem versauten Laminatboden und an der Wand ein Regal, das mit Walt Disneys *Lustigen Taschenbüchern* vollgeräumt war. Weiterer Punkt für ihn. Schließlich könnte er sich auch mit Nazischeiß beschäftigen, wie so viele andere hier auch, oder nachts Blumen von Fensterbrettern räumen. Aber nein, er hatte sich für die große Literatur entschieden. Vielleicht stimmte also, was manche sagten: dass kein Mensch nur schlecht sein konnte. Sehr schlecht schon, aber nur schlecht eben nicht.

Er sagte: „Mir fehlt nur noch *Der Stolz der Familie*, Band 74."

Ich sagte: „Von Stolz der Familie kann bei dir aber keine Rede sein, oder?"

Er lächelte nachsichtig: „Wer weiß denn schon, wer als Letzter lacht?"

Ich setzte mich wieder zu ihm in die Küche und zündete mir eine an, fragte mich abermals, warum ich noch mal genau hier war? Ah, ja!

„Also: Warum hast du meinen Freund an die Wäschestange gehängt? Du konntest doch nicht im Ernst annehmen, dass er Chantalle umgebracht hat? Er ist über neunzig und scheint mittlerweile ein wenig verwirrt."

„Ich hab' an Chantalles Gebote gedacht, von denen eines lautet: ‚Du sollst deine Weinflasche nicht in den Papiercontainer werfen, vielmehr sollst du den Müll trennen, dann wird das vielleicht noch was werden mit unserer schönen Erde!', capice? Kann ja sein, dass ich überreagiert hab', aber he! Ich möchte auch meinen Beitrag zum gelingenden Zusammenleben unserer kleinen Gemeinschaft hier leisten. ‚Jeder soll sich an die Regeln halten!', das waren Chantalles Worte."

„Du hast ihn also wegen der Weinflasche im Papiercontainer angehängt und dann die Bullen gerufen?"

„Wenn einer wie ich die Bullen ruft, dann geht er drei Jahre in den Bau, egal, ob er etwas angestellt hat oder nicht, Stichwort: Vorurteil. Außerdem musste ich dringend scheißen, vergiss das nicht. Also nein, ich hab' die Bullen nicht angerufen! Angehängt aber hab' ich ihn schon, erwischt!"

Mir ging langsam die Kraft aus: „Aber wer hat sie dann gerufen?"

Er zuckte nur die Schultern und sagte: „Find's raus!"

Vorher hatte ich aber noch etwas anderes zu erledigen.

Wenn ich bei einer Lady übernachtete, dann hatte ich in der Früh immer eine gewisse Scheu, bei ihr aufs Klo zu gehen, also so richtig aufs Klo zu gehen. Schön langsam musste ich aber, und zwar so richtig, darum fragte ich: „Darf ich bei dir mal?"

Er hatte nichts dagegen, machte aber nun plötzlich einen auf Sauberkeitsfanatiker und wollte, dass ich mich dabei hinsetzte.

Ich fragte verwundert: „Wie soll ich denn sonst kacken?"

„Ah, du musst also richtig?", fragte er.

„Wenn schon, denn schon!"

Ich klemmte mir die Bezirkszeitung, die in der Küche am Tisch lag, unter den Arm, bekreuzigte mich und betrat das Klo, auf dem er vorher selbst noch gesessen sein musste.

Dirty Willi hat mir ja von den Pisslöchern in Thailand erzählt, aber das hier war noch einmal etwas ganz anderes. Hier schaute man in eine Art Abgrund, in einen ähnlichen wie den, in dem die Sozis schwammen, hineingetreten von den Kerzenschluckern. Ich sagte: „Herrgott, kannst du denn nicht runterlassen?“

Er fragte: „Hab’ ich nicht?“

„Nein!“

„Oh.“

Es dauerte, bis er alles in den Kanal verräumt hatte. Dann bat ich ihn heraus und ging selbst wieder hinein, machte das Fenster auf und fragte, wo das Klopapier wäre. An alles hatte er gedacht – an Bohnengulasch bis zur Decke und an Pizza statt Fleisch, aber nicht an Klopapier. „Du bist mir vielleicht ein Endzeitkünstler!“

Ich belegte die Klobrille mit ein paar Seiten Bezirkszeitung, auf die ich mich dann setzen wollte. Dabei fiel mein Auge auf eine Warnung der Polizei vor einer rumänischen Bande, deren weibliche Mitglieder einsame, alte Männer ansprachen und sie in Gemeindebauwohnungen lockten, in die sie sich kurzzeitig einmieteten, während die männlichen Mitglieder der Bande die Wohnungen der alten Männer ausräumten.

Geniale Idee, dachte ich. Auf so etwas muss man erst einmal kommen!

Und las dann weiter: „Hinweise bitte an die nächstgelegene Polizeidienststelle.“ Ein verschwommenes Foto hatten sie auch dazugegeben, aber ich erkannte im Wesentlichen nur zwei Schnauzbartträger. Und Schnauzbart hatte bei denen schnell mal einer.

Es wollte nicht so recht klappen mit dem entspannten Stuhlgang. Mir fehlte neben dem Klopapier auch die Atmosphäre. Ich blätterte weiter in der Zeitung, kam zur Witzseite, die man streng genommen nicht so hätte nennen müssen, weil ja die ganze Zeitung ein Witz war, und dann zu den Todesanzeigen. Ich dachte an Ringo und daran, ob wir für eine Todesanzeige für ihn die paar Euros zusammenkratzen konnten, falls das mit ihm und seinem blutleeren Bein nicht gut ausgehen würde.

Und war dann fast schon beim Sport, als ich plötzlich noch ein Foto sah, auf dem der Bezirksvorsteher des zehnten Bezirks, der anscheinend gleichzeitig auch Leiter des Wiener Bauamtes im Rathaus war, den Spatenstich für ein „gefördertes Objekt" mit vierundsechzig Eigentumswohnungen und einer geförderten Mietwohnung vornahm. Ein Projekt der ALPESTE-Holding, das „neue Lebensqualität" in den Bezirk bringen sollte. Ich dachte mehr oder weniger, dass ich spinne. Das war nämlich der Typ im orangefarbenen Hemd unter dem schlecht sitzenden Sakko und mit der goldenen Uhr am Handgelenk, der gestern mit dem jungen Knaben in den Darkroom des *La Famiglia* verschwunden war. Und ALPESTE-Holding stand außerdem auf einem Banner an dem Haus, in dem sie Ringo in den Lichthof hinuntergeworfen hatten, zu Harry und Geneviève dazu.

Keine Minute, in der ich mich entspannen konnte!

Ich versuchte, mich trotz allem locker zu machen, und wollte mich gerade setzen, als ich draußen im Vorzimmer heftiges Atmen aus gleich zwei Körpern mit zwei schlechten Herzen hörte. Da waren nun also eindeutig zwei Leute in der Bude, und einer versuchte den anderen hinauszuschieben. Oder was war da los?

Der eine war wohl der Doktor, so viel konnte ich mir zusammenreimen, aber wer war der andere? Und warum hatte ich ihn zuvor nicht gesehen? (War er hinter der Schlafzimmertüre gestanden, als ich sie aufdrückte? Hatte ich vergessen, dahinter nachzusehen, was oberste Privatdetektivpflicht war? Verdammt! Wie konnte mir ein solcher Anfängerfehler passieren? Ich schob es auf meinen Koffeinmangel und nahm mir vor, das Defizit möglichst schnell zu beheben.)

„He! Was ist denn da los?“, schrie ich und sprang auf. Ich lehnte mich mit dem Rücken gegen den Spülkasten und trat mit aller Kraft gegen die Türe. Sie ging auf, als der Spülkasten hinter mir zerbrach, während es gleichzeitig die Muschel aus der Verankerung riss. Heilige Scheiße!

Im Vorzimmer sah ich plötzlich Junk-Food, den Burschen, dem ich vorhin beinahe sein Phone zerschossen hätte, mit *Donald auf großer Fahrt* unter dem Arm und reichlich Schamesröte in der Gesichtshaut. Ich war wohl wieder mal zu nachsichtig gewesen, diesmal mit dem Doktor. War der also tatsächlich kein Pädo, sondern ein schwuler Pädo?

Ich deckte ihn mit ein paar kurzen Jabs ein („Tschinn! Bumm! Ächz!“), bevor ich ihn unter seinen Gulaschdosen begrub („Pardautz!“). Dann zog ich die Bleispritze und richtete sie auf ihn, aber Junk-Food schrie, dass ich ihn bitte nicht erschießen solle.

„Aber warum denn nicht?“, fragte ich.

„Du hast doch schon mein Handy zerschossen!“

„Habe ich nicht! Aber darüber reden wir später, jetzt muss ich dich retten!“

„Vor wem denn?“

„Vor ihm!“

„Wieso vor ihm?“

„Na, weil ...“

Ich wusste es plötzlich auch nicht mehr. So richtig angeschissen vor Angst kam mir Junk-Food nicht vor, und der Prepper hätte wohl kaum versucht, ihn bei der Türe hinauszuschieben, wenn er ihm an die Wäsche hätte wollen.

Der schob sich dann ein paar Gulaschdosen von seinem Gesicht und meinte: „Bleib mal ganz locker, Kanarienvogel, retten brauchst du hier bestimmt keinen, oder glaubst du wirklich, ich bin geil auf ihn? Kapier das doch endlich, du Freak! Ich steh' nicht auf Menschen, ich steh' auf Enten!"

„Das kann ich dir glauben oder auch nicht!"

Ich nahm eine der Handschellen vom Gurt des Hausherrn und fesselte ihn damit an das offen verlaufende Gasrohr im Vorzimmer. Er wehrte sich nicht, sondern sagte nur ruhig: „Das ist aber jetzt Freiheitsberaubung, oder was meinst du?"

Ich konterte: „Dann weißt du jetzt endlich, wie sich das anfühlt!", holte eine Pizza aus der Gefriertruhe und steckte sie ihm zwischen die fetten Schenkel. Dort würde sie bald auftauen, und er würde nicht verhungern, während ich weg war.

„Und wie soll ich die essen?", fragte er.

„Auf deinen Autoreifen vielleicht?", antwortete ich.

„Mit meinen Händen gefesselt?", schrie er mich an.

„Ja, muss ich mich um alles kümmern?", schrie ich zurück.

Dann schob ich Junk-Food bei der Türe hinaus und versicherte ihm noch einmal, dass er jetzt in Sicherheit wäre und der Doktor ihn nicht mehr anfassen könne.

„Und hat er dich tatsächlich nie angefasst?", fragte ich dann ein wenig unsicher.

„Nein! Nie!"

Mir fiel wieder nichts anderes ein: „Das kann ich dir glauben oder auch nicht!"

„Glaub's mir lieber, Boomer, bevor das noch peinlicher wird mit dir. Du hast ja schon unten keinen so guten Auftritt hingelegt. Viele solcher Fehler kannst du dir nicht mehr erlauben. Ich meine: Sieh dich an! Du trägst einen gelben Jogginganzug und kriegst überhaupt nichts auf die Reihe!"

Konnte sein, dass er recht hatte, konnte aber auch sein, dass er noch zu jung war, um recht zu haben. Auf ein paar Straßen, die ich schon begangen hatte, musste er nämlich erst noch einbiegen. Und gegen mein Outfit war nun wirklich nichts zu sagen.

Unten im zweiten Stock, vor der Türe der Kucharik, drosch er mir überraschend hart gegen die Nase, sodass meine Augen tränten und ich mich kurz nicht wehren konnte. Diese meine vorübergehende Wehrlosigkeit nutzte er, um mir auch noch in die Eier zu treten. Und als ich deswegen in die Knie ging, trat er mir mit seinem Halbschuh noch einmal ins Gesicht. Dann lief er davon. Ich überlegte, während ich meine Nase wieder geradebog: Im Laufduell würde ich keine Chance gegen ihn haben, was erbärmlich war. Also ließ ich ihn ziehen. Nicht ohne ihn aber mit einem Teil meiner Lebenserfahrung vertraut zu machen: „Man sieht sich immer zweimal im Leben, Mondgesicht!"

Dann ging ich zurück zum Doktor in die Wohnung, holte noch eine Pizza aus der Tiefkühltruhe und legte sie mir aufs Gesicht.

„Na?", sagte der. „Wohl nicht dein Tag heute, was?"

„Dabei hat er gar nicht mal schlecht angefangen", sagte ich. „In der Früh war ich noch bei Jacky, einer Konzertpianistin aus dem Kongo, die sogar du geil finden würdest."

„Glaub ich nicht."

„Glaub ich schon."

„Nein."

„Doch. Ach, was red' ich überhaupt mit dir!"

***

Beim Abstieg kam mir dann im Stockwerk der Kucharik plötzlich Fink der Griffelschwinger entgegen, in großer

Eile. Er hatte schon ein paar Bierchen gezischt, was typisch für Journalisten war. Zuvor hatte er immerhin den Schlüssel für Lemmys Souterrainbude gefunden und dort auch den Schlüssel für meinen mintgrünen Datsun, mit dem er nun hierhergefahren war in der Hoffnung, mich von hier aus in Richtung Rathaus zu begleiten, um dort doch noch rechtzeitig den Feierlichkeiten beizuwohnen. Keiner sang so inbrünstig „Die Arbeiter von Wien" wie er. Aber nicht nur die Pizza, die ich gegen mein ramponiertes Gesicht drückte, gab nun auch ihm den Eindruck, dass das noch nicht mein Tag war.

Allerdings hatte er selbst auch ein kleines Problem. „Sag mal, warst du nicht gerade bei einem gewissen Herrn Doktor in der Wohnung?", fragte er.

„Warum interessiert dich das?"

„Ich müsste mal dringend pissen, und ich dachte mir, ein Doktor hat vielleicht eine ansprechend saubere Toilette? Ich bin nämlich, was Toiletten angeht, ein ziemliches Mädchen."

Das war einerseits überraschend bei einem, der tagein, tagaus sowie winters und sommers denselben Leinenanzug und darunter dasselbe Hemd trug. Und andererseits war er wohl noch nie auf einer Damentoilette während zum Beispiel eines Rockkonzerts gewesen, denn dort sah es meistens aus wie auf dem Klo einer durchschnittlichen Slumfamilie. Natürlich hätte ich ihn jetzt oben beim Doktor ohne Weiteres auf die Schüssel setzen können, aber dann hätte er ihn dort an der Gasleitung hängen gesehen, was wieder nur Fragen nach sich gezogen hätte von einem, der vom Fragenstellen lebte.

Ich sagte also: „Beim Doktor oben geht es gerade sehr schlecht, aber siehst du das Grünzeug hier am Fensterbrett stehen?"

„Oh, ist das nicht ein Plumosus?“, war er begeistert. „Einer, wie er in diesem *Kottan*-Film vorkommt, *Hartlgasse* irgendwas?“

„Jajajaja, genau so einer ist das! Hör zu, wenn du willst, stehe ich für dich Schmiere, während du pisst. Er scheint mir ein wenig Dünger zu gebrauchen.“

Fink öffnete gleich die Hose: „Wie viele Möglichkeiten habe ich bei meinem Druck auf der Blase, Nein zu sagen?“, fragte er.

Während er es laufen ließ, ging wieder die Türe auf und die Kucharik schaute heraus. Ich drängte mich nahe an sie, sodass sie Fink nicht sehen konnte, bestenfalls hören, und versprach ihr, die Polizei zu holen, wenn sie mir umgekehrt einen Kaffee machen würde.

„Das würden Sie für mich tun?“, fragte sie.

„Ich würde mehr oder weniger alles für Sie tun“, sagte ich.

„Wirklich? Na dann, wie hätten S' denn Ihren Kaffee gerne?“

„Sehr groß und sehr schwarz. Aber nicht, dass Sie dann der Polizei nichts zum Erzählen haben!“

„Keine Sorge“, meinte sie. „Ich hab' der Polizei genug zum Erzählen, wenn Sie sie mir endlich raufholen.“

„Sobald der Kaffee fertig ist!“

„Zucker auch?“

„Zucker habe ich!“

Sie ging zurück in ihren Bau, als Fink endlich abtropfte. Dabei fragte er, worum es gerade gegangen wäre, und ich sagte, dass der Alten ständig jemand die Pflanze verräumen würde und sie das wahrscheinlich anzeigen wolle.

Aber Fink war anderer Meinung: „Ich hatte, ehrlich gesagt, nicht den Eindruck, dass es bei der beabsichtigten Anzeige um ihre Pflanze ging.“

„Nein?“

„Nein. Ich hatte den Eindruck, dass es um etwas Größeres ging. Als hätte sie Infos über einen großen Skandal oder so irgendwas, oder als wäre sie Zeugin eines großen Verbrechens gewesen?“

„Eines großen Verbrechens wie Steuerhinterziehung?“

„Vielleicht sogar Mord.“

„Ach, diesen Eindruck hattest du?“

„Genau diesen Eindruck hatte ich! Und apropos Anzeigen“, sagte Fink. „Hast du schon gehört, dass letzte Nacht einem Freund vom Kanzler ein Ohr abgerissen ...“

„Jajajaja, I've heard it all before, Oida!“, sagte ich.

Ich wollte das Gespräch abwürgen und mir eine anzünden, als ich durch das Fenster, an dem der Plumosus stand, plötzlich zwei Schnauzbärtige, Typ Rumänen auf Durchreise, mit einer Halbwüchsigen im Schlepptau. Die hielt einen Maiglöckchenstrauß in der Hand und trug Pelzlatschen ähnlich denen, wie auch Herschel sie anhatte. Alarmstufe Rot! Alle drei wirkten im Kern unzufrieden, so, als wären sie gestern in den Krieg gezogen und heute ohne Beute nach Hause gekommen. Ich dachte, tief enttäuscht: Oh Gina, du falsche Oh-là-là-Sagerin! Was, wenn du zu der Bande gehörst, von der die Bezirkszeitung berichtet hatte? Ich schaute noch einmal genauer hin und – Hölle auch – es war die Bande. Unzweifelhaft erkannte ich nun die beiden Typen an ihren Schnauzbärten!

Ein paar Sekunden lang hoffte ich noch, dass sie nicht in Ginas Stiege verschwinden würden, aber diese Hoffnung starb natürlich zuerst. Auch die Hoffnung, dass ich mit Gina glücklich werden könnte, falls das mit Jacky doch nicht klappen sollte, würde ich langsam begraben müssen, denn wenn ich die Sache nüchtern betrachtete, dann war sie Teil der Bande. Herrgott, wie konnte ich nur so blind sein und es nicht gleich sehen? Der Kaffee mit dem Schnaps, die kolossale Müdigkeit, die sich daraufhin über Guttmann legte, ihre gespielte Begeisterung für Herschels Lümmel. Oder war die echt?

Schlimmstenfalls war Herschel längst tot! So schwach, wie er war, würde es für sie ein Leichtes gewesen sein, ihn mit ihren Melonen zu erschlagen und im Lichthof zu entsorgen. Wenn das der Fall war, dann musste ich zumindest seinen Leichnam bergen!

Da kam die Kucharik mit ihrem Kaffee heraus, in einem Häferl, das groß wie ein Nachttopf war. Der Kaffee darin war schal wie die Hoffnung im Krieg, den sie ohne Zweifel noch erlebt hatte. Nun sparte sie wohl an allen Ecken und Enden, vor allem aber am Kaffee. Ich schüttete das Zeug in den Plumosus und sagte: „Bin gleich zurück."

Was ihr nicht schmeckte. „Aber wem kann ich denn endlich erzählen, was ich gesehen habe?"

„Dem Salzamt!", sagte ich.

***

Ich führte Fink zurück in die Mitte des Hofs, wo es plötzlich ganz ordentlich stank, fast so abartig wie beim Doktor oben am Lokus. Die Biene war nun auch hier, und sie hatte einen Bolzenschneider und ein Banner mitgebracht, das aus einem alten Leintuch gefertigt war und auf dem zu lesen stand: „MÜLLSCHWEIN DOKUPIL – ES IST GENUG!" Mit so etwas wie einer Unterschrift darunter: „FFF". Das hatte ich schon auf der Fassade des Friseursalons, in dem Chantalle arbeitete, gesehen, wusste aber noch immer nicht, was es bedeutete.

Die Biene hatte alles vor Guttmann abgeladen und erzählte ihm gerade, dass sie das Zeug in der Biotonne gefunden hätten und der Bolzenschneider vermutlich eine der Tatwaffen war. „Da kleben Haare daran, die auf den ersten Blick zu denen der alten, ermordeten Frau passen. Details folgen. Die Mordwaffe, das Messer, suchen wir noch."

Das löste bei Guttmann lautes Nachdenken aus: „Mit dem Bolzenschneider könnte also einer das Schloss aufgebrochen haben. Aber das Schloss wovon? Von einem Moped? Einem Motorrad? Einem Fahrrad?"

„Fahrrad eher nicht", sagte ich, während ich Platz nahm. „Dort, wo das aufgebrochene Schloss lag, war ja auch ein Ölfleck zu sehen."

„Ölfleck, hm, stimmt", dachte er weiter laut nach. „Dann Fahrrad eher nicht. Jedenfalls hat der Täter ..."

„... oder die Täterin ...", dachte nun auch die Biene laut mit. Gleichberechtigung ging ihr über alles und so wies sie stets darauf hin, dass auch Frauen zu den schlimmsten Gräueltaten imstande waren.

„... hat der Täter die Alte damit erschlagen, Alte im Sinne von fortgeschrittenes Alter, wohlgemerkt."

„Dann ist es ja gut."

„Aber warum hat er ..."

„... oder sie ..."

„... es getan? Warum, warum, warum?"

Ich sagte: „Frag mich!"

„Hast du denn etwas herausgefunden?", wollte er wissen.

„Ja!", sagte ich. „Wusstest du, dass ein Doktor auch ein Prepper sein kann?"

Derweil kramte Fink in seiner Umhängetasche und fragte, ob jemand Lust hätte, mit ihm zusammen quasi als Ersatz für das traditionelle Erster-Mai-Frühstück ein Bier zu trinken, er hätte ein paar Dosen mit dabei, und als alter Kommunist läge ihm das Teilen im Blut.

Ich sagte: „Immer schön her damit!"

Und auch die Biene und Guttmann griffen dankbar zu, denn die Hitze stand nun schon recht breitbeinig herinnen im Gemeindebauhof, breitbeinig wie ein Investor mit ganz viel Kokain im Blutkreislauf, der sich gut vorstellen konnte, auch die Wiener Gemeindebauten zu privatisieren. Am besten mithilfe seiner „Familie".

Wir setzten uns zur Zahadil und öffneten die Dosen. Dann holte ich einen fetten Ofen aus meinem Herrenhandtäschchen und fragte in die Runde, ob jemand auch etwas zu rauchen haben wolle, und die alte Zahadil wollte: „Endlich einmal ein Einheimischer, der hier dealt!", sagte sie.

„Zur Feier des Tages!", antwortete ich und zündete ihr den Ofen an. „Freundschaft!"

„Wissen S'", erzählte sie uns, während sie den Rauch einzog. „Ich war ja bei der Besetzung von der Arena mit dabei, du meine Güte, ich hab' so viel Haschisch geraucht damals und keinen BH getragen! Ich hab' an die Zukunft, die freie Liebe und an den Sieg vom Sozialismus geglaubt, und das war vielleicht das Missverständnis überhaupt, der größte Fehler. Weil dann hab' ich dort meinen Mann kennengelernt, den Dolferl, der was das ganze Bier damals in die besetzte Arena geliefert hat, weil er ja Bierfahrer war. Aber der Bierfahrer ist das Gegenteil vom Revolutionär, und nicht einmal eine Rockerfrisur hat er gehabt, worauf ich damals so gestanden bin, und keine enge Bluejeanshose, worauf ich noch mehr gestanden bin, eine einzige Enttäuschung. Aber wie gesagt, ich hab' halt viel Haschisch geraucht damals, und er hat damals schon die Gemeindebauwohnung gehabt, in der ich jetzt immer noch leb', und meine Eltern haben mich ja rausgeschmissen gehabt wegen der Sache mit dem BH, also war ich froh, dass ich wo schlafen hab' können nach den ganzen WGs ..."

„Freundschaft!“, sagte die Biene, und wir prosteten uns wieder zu, bevor ich von der Zahadil wissen wollte, ob sie hier vielleicht schon öfter alte Männer in aller Früh herumlaufen gesehen hätte, die dann nicht mehr wussten, wo sie hingehörten. Ich kramte dabei die Bezirkszeitung aus meiner Arschtasche und zeigte Guttmann den Bericht über die Bande, die alte Männer reinlegte, samt Foto.

Die Zahadil lachte, nachdem sie kräftig am Joint gezogen hatte, und sagte: „Nicht nur einen! Aber gut, wenn sie so deppert sind und glauben, dass sie in ihrem Alter noch eine Junge kriegen, die sich in Grund und Boden schustern lässt, dann tun sie mir nicht leid, wenn sie hereingelegt werden. Oder glaubt irgendwer, dass eine Junge noch freiwillig die Beine breit macht für einen Alten? Das haben wir uns abgewöhnt, seit uns die Dohnal gesagt hat, dass wir Frauen auch Rechte haben. Geglaubt hat uns das am Anfang keiner, mein Dolfi auch nicht. Aber dann hat er schön geschaut, wie ich ihm gesagt hab': ‚Du, pass auf, Dolfi, schlagen tust du mich nicht mehr, weil sonst schlag ich zurück.‘ Hat er auch nicht geglaubt, bis er eine Watsch'n gekriegt hat, dass ihm vierzehn Tage lang der Schädel gewackelt hat, um es mit Herrn Sackbauer auszudrücken. Aber dann hat er sich eh bald derstess'n mit seinem Bierwagen, und ich bin Hausmeisterin geworden, weil die Partei damals noch auf einen geschaut hat.“

„Freundschaft!“, wiederholte die Biene den sozialistischen Gruß und bat Fink um ein zweites Bier, und während wir alle ein drittes tranken, erzählte Fink seinerseits von den neuesten Neuigkeiten, die so neu nicht mehr waren: dass nämlich der Kanzler gestern in einem Club namens *La Famiglia* gewesen war, in dem man sich angeblich an junge Buben heranmachen würde. „Was die Pressestelle des Kanzleramtes aber wütend dementiert, weil der Kanzler ein ehrenhafter und sehr, sehr braver Mann ist. Angeblich!"

Ich sagte ganz ruhig: „Da verwette ich meine original Rapid-Hose *Meistermannschaft 1982*, dass er dort war." Und bat um ein viertes Bier, während Fink meinte, ihm wäre ohnehin wichtiger, das Rätsel um das abgerissene Ohr in diesem Club zu lösen und die Geschichte exklusiv im *Schmetterling* zu bringen, aber – verdammt, verdammt, verdammt! – ihm fehle halt das Wichtigste, nämlich das Ohr!

Ich wollte schon in meine Hosentasche greifen und das Ohr gegen ein fünftes Bier eintauschen, um mich danach zur frühen Mittagsruhe hier auf die Bank zu legen, da merkte ich, wie Fink meinen Jogginganzug anstarrte – es war mir beinahe schon unangenehm, wie intensiv er mich anstarrte! „Was ist, Oida?"

Er meinte, dass die Täterbeschreibung für den, der dem Freund des Kanzlers das Ohr abgerissen hatte, auf einen im gelben Jogginganzug lautete, woraufhin ich sagte, dass es doch lächerlich wäre, wenn er deswegen mich anstarrte, denn: „Die halbe Welt trägt heute gelbe Jogginganzüge!"

„Aber warst du nicht gestern in einem Club, der so hieß?", mischte sich Guttmann ein. „Zusammen mit Kubelka?"

„Na und wenn schon!", sagte ich. „Die halbe Welt war gestern in diesem Club!"

Nach einem fünften Bier drängte ich darauf, Herschel vor dieser Bande zu retten, aber Gutti wollte nicht mehr hinauf in den vierten Stock, und ich hatte dann schon sechs Bierchen intus, oder waren es sieben? Und auf Fink konnte ich nicht zählen, denn der verwendete seine Hände nur zum Bleistiftespitzen und Bierkrügehalten, nicht aber zum Zuschlagen. Er lief ja schon davon, wenn sich in Jolandas Gulaschbude eine Maus zeigte, und war nicht mehr gesehen, sobald beim Maiaufmarsch die Nazis aus ihren Löchern gekrochen kamen und uns die Freude am Marschieren nehmen wollten.

Die Zahadil merkte unser Zögern, das sich teils aus Müdigkeit, teils aber auch aus Feigheit speiste, und schüttelte, ganz routinierte Trümmerfrau, den Kopf über uns Luschis. Sie meinte, dass sie mit den Gfrasta selbst aufräumen würde, wenn sie nicht eine Trümmerzehe am rechten Fuß hätte, wegen der ihr das Laufen so schwerfiele. Mit ihrem alten Stock aus hartem Kirschholz drosch sie dabei auf Gutti ein, bevor sie das schöne Stück an mich weiterreichte wie ein Zepter, das sie als Königin des Gemeindebaus, die hier stets für Ordnung gesorgt hatte, auswies: „Jetzt seid ihr dran!“, rief sie. „Avanti popolo, gemma, gemma!“

Gutti richtete sich unter ihren Schlägen langsam auf, und dann liefen wir, so schnell wir halt konnten, zur Stiege 22, in welcher die Schnauzbärtigen verschwunden waren, und gingen, so schnell wir halt konnten, hinauf in den vierten Stock. Ich immer noch deutlich schneller als Gutti, aber diesmal nicht mehr so viel schneller.

Er wollte mich in ein Gespräch verwickeln, damit ich nicht wieder vor ihm davonlief, und fragte: „Hast du schon mal von einem EU-Vorsitz gehört?“

„Was soll das sein?“

„EU sagt dir was?“

„Sagt mir natürlich was! Sind das diese gesunden Eier?“

„Das ist der Zusammenschluss einiger Staaten auf dem Boden Europas, kurz: Europäische Union!“

„Ich wusste, dass es was mit Eiern zu tun hat!“

„Wie dem auch sei. Es liegt an unserem gesegneten Land, ab 1. Juli den sogenannten EU-Vorsitz zu übernehmen, und wie du dir vorstellen kannst, ist das eine Riesensauferei, und ich glaube sogar, es gibt Cordon Bleu statt Schnitzel beim Bankett."

„Stehen wir auf der Einladungsliste?"

„Du nicht, Oida, aber ich. Sie haben mich für diesen Abend zum Sicherheitskoordinator ernannt."

Ich war richtig erschüttert: „Gutti, das kannst du nicht machen! Du hast Zucker, und mit deinen hundertfünfzig Kilo passt dir nicht einmal eine Schutzweste. Außerdem hast du Plattfüße!"

„Na, und?"

„Du kannst nicht davonlaufen, wenn – sagen wir – jemand dem Kanzler ein Ohr abreißen will."

„Darauf wollte ich ja hinaus!", sagte er. „Ich frage mich, ob das Bankett auch stattfinden würde, wenn *ihm* das Ohr abgerissen worden wäre und nicht seinem Freund. Was meinst du?"

Ich meinte: „Schwer zu sagen!"

***

Mit gehörigem Druck in meiner Blase erreichte ich die Türe der Wohnung, von der ich mir mittlerweile sicher war, dass es die neue der Familie Dokupil war, die sie illegal vermieteten, und zwar an Gina. Ich hoffte, das Schlimmste vielleicht noch verhindern zu können, aber als ich langsam die Türe aufdrückte, sah ich die beiden Beschnauzten schon ausgeknockt am Boden liegen, und Gina saß am Vorzimmerboden, Rücken an Rücken an die Halbwüchsige gefesselt, mit einem abgerissenen Streifen aus Herschels Pyjamahose.

Die Kleine zitterte, als hätte sie den Teufel selbst gesehen, während Gina unverändert ihren Stolz zeigte. „Hallo Großer! Rettest du mich?"

Aber ich rettete sie nicht, sondern bog sofort Richtung Lokus ab, wo ich Klein-Rocky auspackte und es laufen ließ. Durch die offene Türe schaute ich hinaus in Richtung Wohnzimmer, wo Herschel in Unterhosen vor dem Fernseher saß und das Frühstücksprogramm schaute. Ich dachte: Das mit den Unterhosen darf auf keinen Fall ein neuer Trend werden!, und lallte in seine Richtung: „Verdammt, Herschel! Hast du denn wirklich eine Weinflasche in den Biomüllcontainer geworfen?" Eine bessere Frage fiel mir gerade nicht ein.

Er aber zuckte nur die Schulter und sagte ganz ruhig: „Das habe ich doch nur getan, um den Fetten in seinen Unterhosen zu provozieren."

„Was?"

„Ich wusste natürlich sofort, dass er hier den Blockwart im Gemeindebau spielt, und – voilà! – er hat mich nicht enttäuscht, sondern mich für mein Vergehen sofort an die Wäschestange gehängt!"

„Was zum Teufel redest du da?", fragte ich, während ich abtropfte.

„Ich dachte, wenn ich diese Chance nicht nütze, dann erlebe ich gar nichts mehr!"

Das alles kam mir plötzlich sehr seltsam vor. So, als wäre ich Teil eines verrückten Spiels in einer wackeligen Kulisse: Karl-May-Festspiele oder so was, mit Herschel als Old Shatterhand, Gina als Nscho-tschi, und ich war Sam Hawkins.

Ich packte ein und ging zu ihm. Auf dem Weg dorthin kam mir ein böser Verdacht: dass er das alles tatsächlich inszeniert haben könnte, um ein wenig Abwechslung in sein langweiliges Leben zu bringen.

„Dann wusstest du auch, dass der Fettsack auf Stiege 24 wohnt, obwohl du sagtest, auf Stiege 24 wohnt er bestimmt nicht?"

Und tatsächlich: „Sorry for this one!", lachte Herschel. „Aber mal ehrlich, ein wenig Bewegung kann dir und Guttmann nicht schaden. War jedenfalls lustig mitanzusehen, wie ihr als blinde Hühner über den Hof gerannt seid, mal da hinein, mal dort hinein ..."

Das schmerzte.

„Ach ja?", lallte ich. „Du hast also gelacht, während ich mir solche Sorgen um dich gemacht habe wegen ... der hier!" Ich deutete auf Gina, die mich ungerührt anlächelte.

„Papperlapapp!", sagte Herschel. „Die süße Gina habe ich sofort verschnürt, nachdem ich die beiden Flachwurzler hier über den Hof kommen gesehen hatte. Und sobald die in der Wohnung waren, habe ich sie zusammengefaltet wie zwei flauschige Handtücher. Die härteste Übung war das kleine Gör dort, dem irgendetwas im Kopf herumspukte, das es zu einer wilden Bestie machte. Aber auch sie habe ich am Ende mit einer Hüftwurftechnik gestoppt."

Ich wiederholte, während ich mir den klapprigen Greis in seiner Unterhose ansah: „Mit einer Hüftwurftechnik?"

Er sagte: „Was ich dir vielleicht nie erzählt habe, Rockele, weil es ja streng geheim ist: Ich habe die letzten Jahre für den israelischen Geheimdienst gearbeitet. Wenn ich also will, dann schiebe ich die beiden Hänflinge hier durch das Schlüsselloch und ziehe sie drüben wieder heraus."

Ich rekapitulierte, suchte nach einem Fehler in seiner Geschichte, mit dem ich ihn als Lügner enttarnen konnte: „Aber hat dir Gina nicht mit dem Schnaps ein Schlafmittel in den Kaffee gegeben und dich so außer Gefecht gesetzt?"

Darüber musste er freilich nur lachen: „Schlafmittel! Was denkst du denn, was ein Geheimdienstler immer in einer kleinen Ampulle im Arsch mit sich herumträgt? Ein Gegenmittel, das er schon einnimmt, bevor ihm das Schlafmittel überhaupt verabreicht wird!“

Klang verrückt! Aber alles sprach dafür, dass er die Wahrheit sagte.

Zur Wahrheit gehörte dann auch, dass er bereits gestern Abend, als er hier ankam, gewusst hatte, was die Bande mit ihm vorhatte. Aber wie?

„Liest du denn keine Zeitung?“, fragte er, bevor er zugab, dass er Gina gar nicht bei den Sozialistischen Pensionisten kennengelernt hatte, sondern im Sexshop in der *Lugner City*, „wo sie mich angesprochen hat, als ich mir DVDs mit dreckigen, braunen Arschlöchern drauf angeschaut habe!“ Der Konsum von Pornos, in denen dreckige, braune Arschlöcher vorkamen, war seine Art, die Vergangenheit zu bewältigen. Am liebsten mit Eve Brown in der Hauptrolle, die es mit ihrer Rückansicht zu Weltruhm gebracht hatte.

„Und der Doktor in Unterhosen?“, fragte ich. „Warum hast du den dort unten bei den Mistkübeln nicht gleich erledigt, wo du doch jeden erledigen kannst?“

„Wo wäre dann der Spaß geblieben?“, fragte er. „Du hast ja keine Ahnung, Rockele, wie langweilig mein Leben ist! Diese beiden Tage gestern und heute waren das Beste, was mir seit Langem passiert ist. Als hätte ich mir mein eigenes Programm gemacht!“

Er redete, als wäre er gerade aus einem Ferienlager zurückgekommen, durchgeschwitzt und nass vom Regen, mit dreckiger Wäsche, aber sonst glücklich.

Aber plötzlich wurde er nachdenklich. Er erwähnte die beiden Toten, die ihm seinen Spaß verdorben hätten. Wegen denen er aber immerhin gewusst hätte, dass Guttmann bald hierherkommen würde.

„Und wo dein Freund Guttmann ist, da bist du nicht weit!", sagte er nun wieder lachend. „Wann haben wir uns zuletzt gesehen, Rockele? Muss Ewigkeiten her sein!"

Tatsächlich hatten wir uns schon länger nicht mehr gesehen, seit er lieber Tennis spielte als sich in Willis *Pornhouse* Filme anzuschauen. Aber nun hätte ich ihm eine über die Glatze ziehen können, weil er mir gerade heute über den Weg lief und seinen Beitrag dazu leistete, dass ich die Maifeierlichkeiten am Rathausplatz versäumte. Mein Freund Herschel! Dass auch er lieber dumme Spielchen veranstaltete, als sich dem ernsten Thema Sozialismus zu widmen, zerriss mir fast das Herz. Was war denn aus uns allen geworden?

Ich griff nach meinem Flachmann, der mir in solchen Situationen verlässlicher Trost war, aber diesmal war er leer. Also holte ich das Letzte aus der sechsten Bierdose, die ich unten begonnen hatte, mir zuzuführen. Das Bier sollte mich beruhigen. Denn die ganzen Lügen, die er mir aufgetischt hatte, seit wir uns unten bei der Wäschestange getroffen hatten, die leeren Kilometer, die ich zurückgelegt hatte, nur weil er wieder mal Spaß in seinem Leben haben wollte, machten mich wütend. Ich dachte: Wenn er schon so ein verdammt guter Nahkämpfer mit Geheimdiensterfahrung ist, dann wird er den Schlag mit dem Kirschstock auf seinen Schädel, den ich ihm gleich verpassen werde, locker wegstecken.

Gina erkannte meine Gedanken, und sie erkannte darin Hoffnung für sich selbst. Ihre Augen sagten mir: Schlag zu, und dann bind mich los und wir beginnen ein neues Leben fernab von hier, irgendwo unter der warmen Sonne an der Cote d'Azur oder an der Costa Blanca, such es dir aus! Aber natürlich wusste ich, dass es kein neues Leben mit ihr gab, weder an der einen Küste noch an der anderen. Genauso, wie es wohl nie ein gerechtes Leben unter der roten Fahne des Sozialismus geben würde, in dem es für jeden ein wenig Sonne gab, zumindest für ein paar Minuten.

Ich entschied mich daher, Herschel keine über die Birne zu ziehen, und wollte ihm stattdessen aus seinem Sessel helfen, aber da merkte ich, dass der alte Geheimdienstler tot war. Wie schlafend saß er da und lächelte sanft, als würde er hinter seinen Lidern noch immer den Film sehen, in dem er der Held war, der einer ganzen betrügerischen Bande das Handwerk gelegt hatte. „Rüstiger Opa schaltet Verbrecher im Alleingang aus!", würde morgen in der *Gosse* stehen, falls der jemand erzählte, was hier passiert war.

Ich fing an zu weinen, als ich mich zu ihm kniete und ihm die Wangen tätschelte, weil mich sein Tod beinahe noch mehr schmerzte als der Tod jeder Hoffnung auf ein gerechteres Leben. Ich weinte und weinte, bis ich Gina in meine Richtung blaffen hörte: „Bist du Waschlappen, was ist blind? Ist alte Mann doch nicht tot, ist er nur gute Schauspieler!"

Und tatsächlich schrie Herschel plötzlich „Hereingelegt!", und ich suchte den Kirschstock, mit dem ich ihm doch noch den Schädel polieren könnte.

Aber da läutete es an der Türe.

***

Ich ging hin und öffnete, und eine um die dreißig im pinken Jogginganzug schaute herein, Typ illegale Vermieterin. Sie schien mir schon in jungen Jahren innerlich verwelkt, zeigte jedenfalls nichts von dem Strahlen, das mir zum Beispiel an Jacky so gut gefiel. Das war ein typisches Problem von Leuten, die alles im Leben hatten, außer Freude am Leben, während so eine wie Jacky nichts hatte, aber immerhin Freude am Leben.

„Wer sind Sie?“, blaffte sie mich an.

„Das könnte ich Sie auch fragen!“, blaffte ich zurück.

Nach einigem Hin und Her einigten wir uns darauf, dass ich der Superschnüffler war und sie die Tochter, genauer gesagt: „Jessica Dokupil mein Name.“

Ich fragte: „Die vom Bezirksvorsteher?“

„Und Leiter des städtischen Bauamtes!“, ergänzte sie, als könnte sie den Stolz auf ihren Vater und seine Anhäufung von Ämtern kaum bändigen.

„Dann hat er ja gewiss eine goldene Uhr!“, schoss ich zurück.

„Was geht's Sie an!“

Auch als ich sie auf das Verbot der Vermietung von Gemeindebauwohnungen hinwies, war ihr das egal. Wie alle, die es sich im Sumpf der Korruption wohligwarm eingerichtet hatten, war sie der Meinung, dass ihnen niemand am Zeug flicken konnte. Sie verlangte jetzt einfach die Schlüssel für die Wohnung zurück und dass wir alle in zehn Minuten draußen sein müssten.

„Sonst holen Sie die Polizei, oder was?“, fragte ich, der ich einen Trumpf mehr im Ärmel zu haben glaubte. „Die haben Sie gerade überholt, als Sie hier raufkamen!“

Aber sie war keine, die sich an die Bullen wandte, wenn sie Hilfe benötigte, ihre Hilfe kam für gewöhnlich von woanders: „Sonst sag ich es meinem Vater!“

Irgendwann hatte man das im Blutkreislauf, dass der Alte alles richten würde, weil er immer alles gerichtet hatte: jener oben unterm Dach mit der Terrasse, der nachts unten im Darkroom ist, um sich an jungen Buben zu vergreifen. Ich schaute auf die Uhr: Gerade würde der Bürgermeister mit seiner Rede beginnen. Solidarität und rotes Wien, wir schauen aufeinander und sind alle so gut. Mir war die Lust auf Sozis vergangen. Draußen vor der Türe die Korrupten, herinnen die Habenichtse.

Ich knallte ihr die Türe vor der Nase zu, da klopfte es schon wieder.

Ich riss sie auf und sah Gutti. Ich sagte: „Komm rein!“, während die Dokupil mir drohte, dass ich von ihr hören würde.

Ich drosch die Türe wieder zu und ging zurück zu Herschel, der nun aufsprang wie eine Federpuppe aus der Kiste und mich lachend anschrie: „Hast du wirklich geglaubt, dass ich tot bin?“

Ich sagte: „In deinem Alter? Ja!“

Dabei erreichte mich der Blick aus Ginas traurigen Augen und, verdammt: Es gibt Frauen, die es mit ihren Blicken verstanden, alles Gewesene vergessen zu machen, auch das Allerschlimmste. Ich dich beschissen? Ich dich belogen? Ich deinen Freund hierhergelockt mit der Absicht, ihn auszurauben? Das alles fragten mich Ginas Augen, und dann antworteten sie gleich selbst: Aber Rocky, ich doch nicht! Und überhaupt: Wer ist hier unsympathisch? Die Vermieterin, die alles hat und trotzdem noch illegal Wohnungen vermietet? Oder ich, ein armes, scheues Reh aus Rumänien?

Ich konnte sogar sehr deutlich hören, wie ihre Augen „Rocky“ sagten, und ich hatte keine Chance, mich dagegen zu wehren, im Gegenteil. Als sie mich bat, ihr den verrutschten BH-Träger zu richten, kam ich ihr so nahe, dass sie mir den Hals ableckte und dabei zuflüsterte: „Es war ihre Idee, Rocco. Alles! Sie sind sehr schlechte Menschen, pfui, pfui!“ Und deutete auf die beiden neben ihr, die mindestens aus derselben Sippe stammten wie sie, wenn nicht aus derselben Familie.

„Jedenfalls haben sie sehr schlechte Zähne“, sagte ich.

„Und neue sich nicht leisten können! Und ich auch nicht!“, gab sie zurück.

Nun sah ich auch, dass Gina oben links einer fehlte, was mich endgültig kapitulieren ließ, weil ich an Jackys perfekte, weiße Zahnreihe dachte. Wieso schafften es die einen, ihre Zähne zu behalten, fragte ich mich, und die anderen nicht? Ist es doch die Ernährung? Oder das viele Rauchen?

Ich zündete mir eine an und fragte Gutti: „Was meinst du? Lassen wir Schneewittchen laufen, damit sie ein neues Leben beginnen kann abseits der ausgetretenen Pfade der armutsbedingten Kleinkriminalität, in die sie von Leuten wie dieser illegalen Vermieterin aus dem Umfeld des sozialistischen Wiens gedrängt werden?“

Aber Gutti konnte sich wieder nicht entscheiden: Einerseits gab es noch einen leichten Hang zum Rechtsstaat bei ihm, andererseits seine kolossale Faulheit.

Es war überraschend Herschel, der sich zu einem Plädoyer sowohl für Gina als auch für deren Anhang aufschwang: „Hütchenspielen und Betteln, hinterhältige Tricks, mit denen sie alte Männer in Fallen locken – das alles müssen sie doch nur tun, weil sie in diesem Europa keine Chance haben! Dieses Europa ist nur für die Reichen gemacht! Auf dieses Europa kannst du einen großen Haufen scheißen!“

Gina wollte begeistert applaudieren, aber noch war sie gefesselt, und ihre beiden Kollegen waren es auch.

„Das Verschnüren“, sagte Herschel, während er den Schnauzbärtigen schließlich ihre Fesseln abnahm. „Ich habe ein paar Tage lang meinen Spaß gehabt, aber nun ist das Spiel vorbei. Natürlich könnte dein Schnarchfreund Guttmann sie verhaften, aber du hast recht, Rockele! Letztlich sind sie doch nur aus Gründen der Armut hier, wegen eines komplett verfehlten Wirtschaftssystems, in dem die Reichen sich alles nehmen und für die Armen gar nichts mehr bleibt außer Billigpizza und übertrieben gesalzene Chips."

„Die Sozis greifen aber auch ordentlich zu! Und nicht nur bei den gesalzenen Chips, auch bei den goldenen Uhren!", sagte ich.

Herschel zuckte die Schultern. Er hatte mit seinen über neunzig Jahren alles gesehen, was die Welt und ihre Schlechtigkeit ausmachte, ihn konnte also nichts mehr überraschen.

„Die Frage ist doch nur, ob du in deinem Leben ein Arschloch bist oder ein Riesenarschloch."

Da war er vielleicht eine Spur zu sehr auf Eve Brown und ihr Dirty Brown Asshole fixiert.

Er gab den beiden einen Tritt in den Arsch, und schon waren sie bei der Türe draußen. Schließlich wandte er sich an Gina: „Was dich angeht, werde ich dir ewig dankbar sein. Es war wohl der beste Blowjob meines Lebens."

Aber hallo! Ich traute meinen Ohren nicht: „Sie hat dir wirklich einen geblasen?"

„Na, was denkst du denn?", sagte er, als würden da draußen nur Ladys herumlaufen, die ihm einen blasen wollten.

„Aber ich dachte, es geht nicht mehr!"

Er lächelte nachsichtig. Auch das war gelogen. Wobei das die Lüge war, an der ich am längsten zu kämpfen haben würde.

War dann nur noch die Frage zu klären, warum Ginas Bande so deprimiert zurückgekommen war, so, als hätten sie in der Wohnung, die sie ausrauben wollten, keinerlei Beute gemacht. Und so war es auch. Denn es stellte sich heraus, dass sie gar nicht in Herschels Wohnung gewesen waren, sondern in meiner!

„Ich war doch nicht so blöd, ihr meine Adresse zu geben", sagte Herschel und deutete auf Gina. „Auch wenn sie wirklich sehr oft danach gefragt hat. Irgendwann habe ich ihr dann einfach deine gegeben, aus Gründen der Pädagogik. Denn dort war ich mir sicher, dass sie nichts finden und bitter enttäuscht wieder abziehen würden."

Da schlief man einmal auswärts, und dann so was. „Herschel!"

Ich hob den Plastiksack auf, mit dem die Diebe hierhergekommen waren, und schaute hinein. Und da war sie: meine original Rapid-Hose *Meistermannschaft 1982*! Die zwei Schnauzbärtigen waren vielleicht nicht besonders helle, aber sie wussten immerhin, was in meiner Wohnung das Wertvollste war, und das hatten sie mitgenommen.

Sofort zog ich meine Jogginghose aus und schlüpfte in die Rapid-Hose, den Hoodie warf ich mitsamt der Hose in den Mistsack, und das Ohr gab ich in mein Herrenhandtäschchen. Sollen doch andere im gelben Jogginganzug herumlaufen und Aufmerksamkeit auf sich ziehen, ich nicht mehr!

Dann band ich Gina von der Halbwüchsigen los. Die Kleine zitterte am ganzen Körper, als hätte sie Halbonkel Dracula persönlich gesehen. Ich fragte Gina, was mit dem Mädchen los sei, und sie erzählte, dass sie vor der Wohnung, die sie für Herschels Wohnung gehalten hatten, aufs Klo hatte gehen müssen. Und was solle sie sagen? Vor dem Haus, in das sie gegangen sind, wäre ein Scheißhaus aus Plastik gestanden. Genau das Scheißhaus, das sie gestern Morgen vor meinem Fenster abgeladen hatten.

„Und?", fragte ich.

„Und Gottesmutter, hilf!", sagte Gina. „Ist gesessen Gespenst auf Klo aus Plastik mit lange Haare und Lederjacke mit Fransen dran. Und mit Hose unten!"

Klare Sache: So etwas Schreckliches sollte ein so junges Mädchen nicht sehen müssen. Denn klare Sache auch, dass sie von Lemmy redete. Irgendjemand musste ihn vor ein paar Tagen mitgenommen, irgendwo gefangen gehalten und ihn gestern früh in diesem Klo vor seinem Haus wieder abgestellt haben. Eine Botschaft? Sehr wahrscheinlich. Von wem? Von Altpernstein. Er wollte unbedingt auch sein Haus haben, aber Lemmy wollte es keinesfalls verkaufen. Und ihn zu einer Unterschrift zu zwingen, auch mit Drohungen und selbst mit Folter, war eine schwierigere Übung, als Altpernstein ein Ohr abzureißen. Gutes Zureden half bei Lemmy nämlich nicht, Drohen erst recht nicht, und Schmerzen schon gar nicht, weil seine Nerven nach jahrzehntelangem Drogenabusus so ruiniert waren, dass er keine Schmerzen empfand. Ich konnte mir also gut vorstellen, wie er die Balkanmafiosi, die für Altpernstein arbeiteten, in den Wahnsinn getrieben hat mit seiner Schmerzunempfindlichkeit, bis sie ihn – mit ihren eigenen Nerven am Ende! – in ein mobiles Klo steckten und vor seinem Haus abstellten.

Wir schleppten uns hinunter in den Hof und setzten Herschel neben die Zahadil auf die Bank, wo ich ihm einen ehrlich gemeinten Rat gab: dass er bei einer wie ihr nämlich besser aufgehoben wäre als bei den „jungen Dingern“. Dann gab ich ihr den Kirschstock zurück und er nahm die Nelken, die neben ihr lagen. Er überreichte ihr eine, und sie nahm sie auch gerne, ohne die Sache groß zu zerreden. Old school.

Einer reifen Beziehung stand nichts mehr im Weg, nur dass ich ihrem Wachsen nicht zuschauen konnte, weil ich mit Guttmann zur Stiege 23 musste, die neben der des Doktors um die Ecke auf der Südseite des Gemeindebaus gelegen war, der einzigen, die einen Lift hatte.

Wie sich aber herausstellte, brauchte man dafür einen Schlüssel, denn der Lift war quasi privat.

Also latschten Gutti und ich wieder einmal die Treppen hinauf, und in jedem der diesmal sogar fünf Stockwerke erreichte mich eine neue Nachricht von Dirty Willi, der sich für den frühen Nachmittag eine Nutte in seinen Jacuzzi eingeladen hatte. Nun wollte er von mir wissen, ob er noch mehr blaue Pillen nehmen sollte, damit er bereit sein würde, wenn er bereit sein musste. Dazu schickte er mir ein neues Foto von seinem Halbsteifen, den er „Hammer" nannte, obwohl er aussah wie eine vom Hammer zerschlagene, kleine Sichel.

Ich schrieb zurück: „Nimm die roten!" Weil es ja im Grunde egal war, welche er nahm. Denn Willi kämpfte immer noch mit den Folgen seiner Erkrankung, die er sich damals in Thailand eingefangen hatte. Mit reichlich Eiter in der Eichel war er nach Hause gekommen, dafür ohne Lebensmut und gänzlich ohne das sozialistische *Vorwärts!*, das ihn bis dahin so auszeichnete. Und die roten Pillen halfen immerhin gegen seine Altersdepression, wenn sie ihm schon keinen Steifen bescherten.

***

Der ganze Tag schon war ein einziger Nackenschlag für einen aufrechten Sozi wie mich, und mit den Nackenschlägen ging es weiter, als wir im Dachgeschoß der Stiege 23 vor zwei goldenen Löwen standen, kein echtes Gold zwar, aber immerhin goldig. Hier wohnte Dokupil der Löwe. Guttmann hielt sich schnaubend an einer der Figuren fest, bis sie umfiel und er mit ihr. Ich half den beiden wieder auf die Beine, und dann sahen wir drei Eingangstüren, an allen stand *Dokupil*: einmal

Rudi Dokupil sen., einmal *Rudi Dokupil jun.*, und dann war da noch *Jessica Dokupil*, die Tochter und illegale Vermieterin. Wir probierten es zunächst beim Junior, weil wir den noch nicht kennengelernt hatten, aber es öffnete niemand. Also läuteten wir beim Senior, den ich bisher auch nur vom Sehen her kannte. Der Mann mit der goldenen Uhr.

Es öffnete aber eine Lady in meinem Alter und im roten Kostüm, das sie wie eine Stewardess der heimischen Fluglinie aussehen ließ. Eine sehr schöne, jedoch von innen her längst verwelkte Frau, die bereits alle Instrumente auf Abschied gestellt hatte, nur dass ihr die Kraft fehlte, um die Koffer auch endlich zu packen und die Triebwerke zu zünden. Sie könnte am Ende noch interessant werden für Guttmann, dachte ich, denn unglückliche Frauen haben nur einen Wunsch: endlich glücklich zu werden. Und wenn es sie glücklich machte, zu kochen, dann könnte sie mit Gutti zusammen noch sehr glücklich werden.

Gutti schien das Gleiche zu denken, denn ihm stand der Mund schon weit offen, was aber keinen guten Eindruck machte, wenn man bei einer Lady landen wollte. Ich schob ihm die Kinnlade hinauf und stellte ihn vor.

„Polizei?", fragte sie, aber im Grunde schien sie gar nicht überrascht zu sein, dass ein Bulle bei ihr auf dem Teppich stand. Sie bat uns, die Schuhe auszuziehen, was ich wirklich ungern tat, wenn ich seit fast vierundzwanzig Stunden dieselben Latschen trug, und Guttis Füße waren auch kein Gewinn für das Raumklima.

Scheu wie die Rehe zogen wir sie aus, und schon standen wir in unseren Socken auf einem sehr weißen Flauschi. Die ganze verdammte, riesige Wohnung war damit ausgelegt, es war, als würde man in zehn Zentimeter hohem, weißem Gras wandern.

Sie bat uns ins Wohnzimmer, von dem aus man auf diese Terrasse kam, von der aus man den ganzen Hof überblickte. Das Beste: kein Baulärm! Nur aus einem Fenster auf Stiege 22, seitlich der Terrasse und ein Stockwerk darunter, hörte man beständiges Jammern. Da versuchte einer, sich aus seiner misslichen Lage zu befreien, so klang es zumindest. Als würde einer mit seinen Handschellen an der offen verlaufenden Gasleitung reißen. Wenn er so weitermachte, dann würde das Rohr irgendwann brechen, und dann würde das Gas ausströmen. Du lieber Himmel! Jemand musste unbedingt hinunterlaufen und dann zu ihm hinauf, um ihn daran zu hindern, aber wer? Auch ich spürte schön langsam meine müden Knochen, und Gutti wollte ganz sicher nicht weg von Frau Dokupil. Also blieb wieder einmal nur die Hoffnung, dass am Ende alles gut ausgehen würde.

„Der Flauschi war hoffentlich nicht Ihre Idee?", fragte ich.

Frau Dokupil entschuldigte sich für die Zumutung, die ihre Wohnung – den Style betreffend – insgesamt war, und schob alles auf ihren Mann. Der lag in einer Wolke aus billigstem Aftershave und teuerstem Wodka im Schlafzimmer auf der Kante eines riesigen Bettes, halb drauf, halb daneben. Ihn dort zu sehen, war der vorläufige Tiefpunkt meines Tages, vielleicht sogar meines Lebens. Hier hing die Sozialdemokratie am Abgrund, schnarchend den Ersten Mai verschlafend, fett und ungesund, aber mit einer goldenen Uhr, die ich jetzt wieder deutlich sehen konnte. Plötzlich hoffte ich, dass die Leute bald nicht mehr zum Baumarkt liefen, um sich dort Schrauben und Farben zu kaufen, sondern Mistgabeln, um damit in diese fetten Ärsche zu stechen. Irgendetwas musste sich ändern, und einer musste mit den Veränderungen beginnen.

Ich überlegte, den Bauamtsleiter vom Balkon seines schlecht eingerichteten Palastes hinunterzuwerfen und es wie einen Unfall aussehen zu lassen, bei seinem Alkoholpegel bestimmt nichts leichter als das. Aber wie hundertfünfzig Kilo Fett dorthin schleppen?

Frau Dokupil erkannte meine Überlegungen und sagte: „Sie haben keine Ahnung, wie oft ich daran denke."

„Dass Sie ihn hinunterwerfen?"

„Dass ich selbst springe!"

„Aber Frau Bauamtsleitergattin, nicht doch!", sagte Guttmann und drängte sich zu ihr, um sie vom Sprung abzuhalten. Sie lächelte ihn an wie ein Schulmädchen, das kein Höschen trug, und er lächelte zurück wie der Dicke am Schulhof, den noch nie eine angelächelt hatte.

Währenddessen schaute ich mir ihren Mann etwas genauer an. Sein rechter Arm hing herunter, und mit der dazugehörigen Hand umklammerte er den Griff seiner alten Ledertasche, an der ich ihn zweifelsfrei als den aus dem Club *La Famiglia* erkannte. Nun hatte er auch den rechten Ärmel seines Sakkos hochgekrempelt, und ich sah auch an seinem rechten Handgelenk eine goldene Uhr, eine *Rolex Daytona*. Die, schätzte ich mal, hatte er gestern von Altpernstein bekommen, als kleines Dankeschön für eine erteilte Baugenehmigung oder fürs Augezudrücken bei einem illegalen Bauprojekt. Wenn mich nicht alles täuschte, dann müsste hier irgendwo ein Schrank mit einer Lade sein, in der sich noch weitere solche Schätze befanden.

„Ist er tot?", fragte Guttmann.

„Betrunken aufs Bett gefallen und seither nicht mehr aufgestanden", sagte Frau Dokupil mit einiger Verachtung.

„Wann denn ungefähr aufs Bett gefallen?", fragte Guttmann.

„Um 04:53 Uhr."

Guttmann schaute mich mit dem Dann-kommt-er-vielleicht-als-Mörder-infrage-Blick an. Ich zuckte die Schultern und schaute mit dem Was-weiß-denn-ich?-Blick zurück.

„Ich weiß die Uhrzeit deswegen so genau", fuhr sie fort, „weil mir die zweite Uhr aufgefallen ist, die er plötzlich trug. Eine zweite goldene Uhr! Kann ein Mensch, ein Sozi, denn nie genug haben? Dabei gibt es doch so viele arme Menschen, so viel Not! Aber das interessiert die Bewegung nicht mehr. Der Mensch steht im Mittelpunkt, sagen sie immer. Aber dort steht er ihnen nur im Weg. Besoffen sind sie von den Jahren, als sie alles hatten, und jetzt wissen sie nicht einmal mit zwei goldenen Uhren, dass ihre Zeit abgelaufen ist."

Was für eine Frau! Mit jedem ihrer Worte wünschte ich mir mehr, dass Guttmann jetzt keinen Fehler machte, aber darauf wollte ich nicht vertrauen. Ich musste sie unbedingt selbst noch weiter von ihrem Mann entfremden.

„Als er gestern im Darkroom des *La Famiglia* verschwunden ist, hatte er diese zweite goldene Uhr noch nicht", sagte ich.

„Wo?", fragte sie, und sie schien tatsächlich ohne jede Ahnung zu sein, was ein Darkroom ist und was das *La Famiglia*.

„Das ist ein Innenstadtclub, in dem er mit dem Kanzler verkehrte und mit einem Investor, der es auf Häuser in den Außenbezirken abgesehen hat und dabei sogar über Leichen geht."

„Und was ist ein Darkroom?"

„Das soll ihnen der hier erklären."

Ich schlug stattdessen vor, nachzuschauen, ob sich über diesen Investor etwas in der Tasche ihres Mannes fand. Ich öffnete sie, und tatsächlich: Ganz Bauamtsleiter, trug er darin alles in fein säuberlich geordneten Akten mit sich herum, um die krummen Deals mit den Investoren notfalls auch in einem Darkroom besprechen zu können: Ja, dieses Haus dürft ihr abreißen. Ja, auf den Denkmalschutz lassen wir einen fahren. Völlig richtig, die Mieter müssen raus. Und danke, die Rolex ist wirklich sehr schön, könnte gut auf mein zweites Handgelenk passen. Cash haben wir auch vereinbart?

Das Bargeld steckte in einer der Mappen, auf der fein säuberlich „Altpernstein" geschrieben stand, ich schätzte mal: zwanzigtausend Euronen.

Ich gab alles an Gutti weiter, der das Zeug an die Wirtschafts- und Korruptionsstaatsanwaltschaft übergeben sollte. „Worum es dabei genau geht, erkläre ich dir später."

Dann bat ich die Dokupil um einen Kaffee, den ich nun wirklich dringend brauchte. Als sie in ihrem schönen, roten Kostüm vor uns in die Küche wackelte, den Arsch keck nach links und rechts schiebend, sodass Gutti die Kinnlade wieder herunterfiel, sah sie darin wieder aus wie eine Stewardess der alten Schule, die sie, wie sie uns in der Küche verriet, auch tatsächlich einmal gewesen ist. „Zu einer Zeit, als Fliegen noch ein Erlebnis war und man im Flugzeug rauchen durfte. Erinnern Sie sich?"

Ich sagte: „Ich nicht, weil ich noch nie geflogen bin."

„Aber warum denn nicht?", fragte sie fassungslos.

„Ich glaube einfach nicht, dass das mit dem Fliegen funktioniert", sagte ich. „Ich meine: Ich glaub's einfach nicht. Eher wird das noch was mit dem Endsieg des Kommunismus."

Als ehemaliger Stewardess musste ihr das natürlich komisch vorkommen, wenn einer nicht glauben wollte, dass ein Flugzeug tatsächlich fliegt. Aber so war das nun mal.

„Ich habe meinen Mann jedenfalls in einem Flieger kennengelernt, der flog", sagte sie leicht schnippisch, während sie Kaffee machte. „Er war mit ein paar Parteifreunden unterwegs nach Mallorca, im Rückblick nehme ich an: auf Parteikosten. Er hatte schon im Flugzeug einen Sonnenbrand und war der Dümmste, der Lauteste, der Primitivste von allen und verlangte ständig von mir, dass ich ihm Feuer gebe, damals durfte man ja noch rauchen im Flieger, und dabei versprach er mir das Blaue vom Himmel. Dass er einmal Bürgermeister sein würde! Damals dachte ich tatsächlich: Bürgermeistergattin? Ich? Das war die Zeit, als man noch Gattin sein wollte. Ich war jedenfalls geschmeichelt. Aber natürlich dachte ich auch sofort: Wie soll so einer Bürgermeister werden?"

„Am Ende wurden Sie nur Bezirksratsgattin", sagte ich.

„Und Bauamtsleitergattin!", schmeichelte ihr Guttmann, der sich fragte, warum sie nicht gleich ihn kennengelernt und geheiratet hatte: Mordkommissionsermittlergattin!

„Im Nachhinein wünschte ich, ich wäre einfache Stewardess geblieben", sagte sie. „Gerne auch in einem Flugzeug, das abgestürzt wäre. Aber wenn man jung ist, dann ist man eben dumm und glaubt den Versprechungen der Angeber und Breitbeinigen. Ich war beeindruckt und geblendet."

„Und als Sie wieder sehen konnten?", fragte ich.

„War ich schwanger mit seinem Sohn, der sich zu einem noch größeren Idioten auswuchs."

„Der gerade wo ist?", fragte Guttmann.

„Wo wird er sein?", fragte sie mehr sich selbst als uns. „Irgendwo in irgendeiner dieser kleinen Wohnungen hier, bei seiner aktuellen Ursel."

„Und wer ist diese Ursel?", fragte ich.

„Wer wird sie sein? Eine Träumerin, wie ich eine war, nur vielleicht noch dümmer. Ich meine: Wer möchte Mistkübelausleerergattin werden?“

„Ist es das, was Ihr Sohn den Damen in Aussicht stellt: Mistkübelausleerergattin zu werden?“

„Ich nehme an.“

„Hat diese aktuelle Ursel einen Namen?“

„Lydia Snopek.“

„Lydia Snopek wie Chantalle Snopek?“, fragte Guttmann.

„Chantalles Mutter, genau.“

„Und was würde Chantalles Vater sagen, wenn ihre Mutter Ihren Sohn heiraten würde?“

„Der Vater ist längst weg.“

Sie fing an zu weinen, als wir ihr erzählten, dass Chantalle tot war, ermordet mit einem Stich mitten ins linke Herz. Sie suchte Halt und setzte sich, wusste nicht mehr recht weiter, hier nicht und in ihrem Leben nicht. Ihre Reise war vom ersten Flug nach Mallorca bis hierher zu diesem Ersten Mai gegangen, an dem ihr Alter nicht mehr aus seinem Rausch zu erwachen schien und sie das erste Mal seit Jahrzehnten den Maiaufmarsch versäumen würde.

„Haben Sie eine Ahnung, wer sie ermordet haben könnte?“, fragte Guttmann.

„Wer nicht?“, gab sie uns zur Antwort. „Chantalle hat sich ja wirklich über alles aufgeregt: den Mist, den Müll, den Abfall, den Dreck, die Autos vorm Hof, die Motorräder im Hof, das viele Fliegen. Wir sind natürlich auch insgesamt zu viel geflogen und haben auf Mallorca immer nur Fleisch, Fleisch, Fleisch gegessen, obwohl die dort auch Fisch gehabt hätten ...“

„Allerdings aus Norwegen importiert!“, warf Gutti ein.

„Ja", sagte sie. „Immer ist alles importiert! Das sagte auch Chantalle. Aber die meisten hören das nicht gerne, dass sie etwas in ihrem Leben ändern müssen. Die meisten denken heute wirtschaftsliberal und meinen, der Markt regelt alles."

„Was für ein Blödsinn!", sagte ich.

„Es muss alles seine Ordnung haben, hat mein Mann immer gesagt, eine Struktur. Die oben sind oben, und die unten sind unten. Und wenn du unten bist, dann musst du schauen, dass du hinaufkommst, aber mit Arbeit kommst du nicht mehr hinauf, nur noch mit Betrug. Das war so, das ist so, das bleibt so. Hat er immer gesagt."

Sie ging zu ihm hin und trat ihm gegen den fetten Arsch, sodass der schön wackelte. Ich zog sie weg von ihm, bevor sie ihn aufweckte, und versicherte ihr, dass sie an ihn keinen Gedanken mehr verschwenden müsse: „Der wird für die nächsten Jahre in den Bau gehen, und das ist nur die gute Nachricht. Die noch viel bessere ist, dass Sie sofort ein neues Leben beginnen können mit einem Mann, für den es sich lohnt, Fleisch zu kochen. Und darf ich raten? Sex hatten Sie wohl auch schon länger keinen richtig guten mehr, oder?"

Sie wurde rot, was ich sexy fand, und stupste mich an: „Ooooh, Sie!"

Hier aber musste ich sie bremsen. „Moment, Moment! Mich gibt's für Sie nicht mal zum Frühstück, sorry! Ich bin mehr oder weniger mit Jacky verlobt, einer Konzertpianistin aus dem Kongo mit einem Po aus Ebenholz, der seinerseits alle Stücke spielt! Ich meine den hier!" Und klopfte Guttmann gegen die Wampe.

Sie war nur kurz enttäuscht, bevor sie ihn doch wieder anlächelte. Diesmal aber so, als würde es sich tatsächlich lohnen, der Polizei schöne Augen zu machen.

„Er ist Junggeselle“, sagte ich. „Und wenn Sie vielleicht irgendwo ein Schrebergartenhäuschen haben, dann könnte er Sie dort mal besuchen kommen, für den Anfang.“

Sie sagte: „Das wäre nett. Isst er denn gerne Rhabarberkuchen?“

„Er isst alles, wo Zucker drin ist. Aber in die Kirschbäume dürfen sie ihn nicht hinaufjagen, das machen seine Knie nicht mehr mit.“

Sie lächelte und versuchte, nach vorne zu blicken, wo sie aber plötzlich wieder ein kleines Problem sah: „Aber muss ich mich nicht vorher scheiden lassen?“

„Die Scheidung wird mein Freund Herschel für Sie erledigen!“, sagte ich. „Mein Tipp also: Machen Sie noch ein paar Fotos von Ihrem Gatten, wie er da halb auf dem Bett, halb neben dem Bett herumliegt, und räumen Sie danach alles Bargeld, seine goldenen Uhren und vielleicht auch die eine oder andere Mappe, in der Belastendes über ihn zu finden ist, in einen großen Koffer.“

„Die Sparbücher auch?“, fragte sie.

„Kennen Sie denn die Losungswörter?“, fragte ich.

„Natürlich.“

„Dann immer schön rein damit in den Koffer! Aber nicht vergessen: Die Hälfte von allem geht an Bedürftige! Und ein paar davon kenne ich persönlich!“

Ich dachte dabei an Ringo, dem ich versprochen hatte, ihm beim Umstieg in ein besseres Leben zu helfen. Kann sein, dass er bald nicht nur eine neue Krücke braucht, sondern einen ganzen Rollstuhl. Ich dachte an Richie, der endlich etwas brauchte, das seinen Namen aufpolierte – Geld! Und ich dachte an mich selbst, der ich langsam auch die Schnauze voll hatte davon, immer nur ein paar Münzen aus dem Hosensack anderer zu holen und damit auf irgendwelche Gäule zu setzen, die nicht mal wussten, wo genau das Ziel war.

Ich zog dem Bezirksvorsteher die Hose noch ein Stück weiter herunter und machte selbst ein paar schöne Fotos von ihm, auf denen man die goldenen Uhren zusammen mit seinem Arsch deutlich sehen konnte. Der Scheidungsrichter würde seine Freude daran haben, ebenso wie der Staatsanwalt, auch wenn das wirklich kein schönes Bild war. Und Fink würde erst recht seine Freude haben, wenn er die Fotos dann exklusiv für eine Geschichte über den korrupten Bauamtsleiter in seiner Stadtzeitung *Schmetterling* verwursten konnte.

Dann gingen Gutti und ich zur Türe und warteten.

„Natürlich hätte ich Gina mit ihrem prall gefüllten Dekolleté lieber gehabt“, flüsterte er mir zu.

„Wer nicht?“, flüsterte ich zurück.

„Aber die ist auch nicht schlecht.“

„Vor allem nicht mit ihren prall gefüllten Koffern.“

Irgendetwas war an Geld dran, dass es hin und wieder sogar verführerischer erschien als eine gut ausgestattete Lady. Aber was?

Die Dokupil kam mit zwei Koffern zurück und sah dabei aus, als würde sie verreisen wollen, was sie ja auch tat. Ihre Destination hieß aber diesmal nicht Mallorca, sondern Zukunft.

Wir verließen den Dachausbau im fünften Stock des George-Washington-Hofs, und sie schloss mit der Türe hinter sich auch jenes Kapitel ihres Lebens, das sie aus einem Flugzeug, das angeblich flog, als Bezirksvorstehergattin hierhergebracht hatte an die Seite ihres korrupten Mannes.

***

Guttmann führte die Dokupil, die vielleicht eine zukünftige Frau Guttmann war, galant zum Lift. Konnte allerdings sein, dass ihre junge Liebe wegen seiner schmerzenden Knie bereits hier ein wenig an Fahrt verlor. „Au!", sagte er nach jedem Schritt, und von ihr war kein Wort des Mitleids zu hören. Guttis Knie waren vielleicht seine Achillesferse, wenn sie ihm nicht überhaupt das Genick brechen würden.

Die Dokupil wollte dann auch mit den zwei Koffern alleine im Lift hinunterfahren. „Aus Platzmangel", wie sie sagte.

Mir war's egal. Allerdings nahm ich ihr zuvor die zwei goldenen Uhren sowie einen der beiden Koffer ab, jenen, in dem noch weitere goldene Uhren sowie das Bargeld waren. „Zur Sicherheit", wie ich sagte.

Mit je einer Uhr an unserem linken Handgelenk und ich mit dem Koffer in der rechten Hand gingen Gutti und ich die Treppen hinunter, während sich hinter der Dokupil die Lifttüre schloss. Und die Uhr, obwohl ich durch und durch Sozi war, gab mir den Schwung, der mir heute schon den ganzen Tag gefehlt hatte.

Gutti aber beschwingte nicht einmal die neue Uhr. „Au!", sagte er jedes Mal, wenn sich seine alten Knie meldeten.

„Hör endlich auf zu jammern!", sagte ich streng.

Zwei Stockwerke tiefer sah ich plötzlich Junk-Food gegen die Türe der Wohnung Nr. 16 gelehnt sitzen, er las das *Lustige Taschenbuch* Band 41: *Donald mal ganz anders*. Die Türe zur Wohnung war vollgeschmiert mit Rockersymbolen, Totenköpfen, den Namen zahlreicher Bands aus dem einschlägigen Rockermilieu sowie Harley-Davidson- und Hells-Angels-Stickern. Das schien mir eine seltsame Umgebung für einen wie Junk-Food zu sein.

Als er mich sah, sprang er auf, aber diesmal war ich schneller als er. Ich warf ihn gegen die Türe, bevor er zuschlagen konnte, und schon saß er wieder auf seinem

Arsch. Dann zog ich die Bleispritze und er schrie: „Nicht schon wieder, Boomer! Du bist immer so peinlich!“

Also steckte ich die Bleispritze zurück und stellte mich breitbeinig vor ihn.

„Sprich!“, sagte ich, denn ich wollte endlich mehr von ihm über Chantalle erfahren als das, was er mir nach meinem Besuch beim Doktor über sie erzählt hatte. Aber er war störrisch wie ein Esel und zwang mich nachzudenken, wie ich ihn zum Reden bringen konnte. Wie in seinen Augen Ansehen und Respekt gewinnen? „Schon mal ein abgerissenes Ohr gesehen?“, fragte ich schließlich und zog es aus meinem Handtäschchen. Immerhin mit Naturwissenschaften konnte man die jungen Leute noch begeistern, denn plötzlich weiteten sich seine Augen zu ansehnlicher Größe.

„Geil!“, sagte er. „Ist das echt?“

„So echt, dass es mir noch verfaulen wird, wenn ich es nicht bald zurückgebe.“

Als ich sagte, dass ich die Dinger sammeln würde, erkannte ich tatsächlich leise Anflüge von Respekt in seinem Blick. Möglich, dass ich mich gerade zu seinem großen Vorbild wandelte, zu seinem Idol für die nächsten zehn Jahre.

„Geil!“, rief er begeistert. „Wo hast du das her?“

„Ich hab’s einem abgerissen, der es meiner Meinung nach echt verdient hat. Allerdings gebe ich zu, dass ich es zunächst auf die Nase von einem abgesehen hatte, der es noch mehr verdient gehabt hätte.“

„Geil! Darf ich mal anfassen?“

Ich sagte: „Wenn du mir was Neues über Chantalle zu erzählen hast, ja.“

Ich setzte mich zu ihm, drückte ihm das Ohr in die Hand und ließ ihn daran herumkneten. Die jungen Leute konnten sich ja richtig in etwas vertiefen, sobald man sie für etwas begeisterte. Derweil rief ich Kubelka an. Wieder ging eine Frau dran und wieder sagte ich ihr, dass sie mir Ku geben sollte.

Der hatte nun schon mehr Infos darüber, warum er von den *Riot Pussies* entführt worden war. „Verdammt, Rock, sie haben mich verwechselt!"

Ich fragte, weil auch er so vollkommen unmännlich war: „Mit dem Kanzler?"

„Mit Altpernstein! Soweit ich das beurteilen kann, hat er das Haus gekauft, in dem die *Pussies* ihren *For-girls-only*-Fitnessclub untergebracht haben. Und jetzt will er sie rauswerfen, habe ich recht?"

„Das hast du allerdings, Arschgesicht!", hörte ich im Hintergrund eine sagen.

„Das kennen wir doch alles!", sagte ich. „Immobilienkauf, Druck auf die Mieter, illegale Methoden. Aber was wollten sie von ihm?"

„Sie wollten ihn zwingen, die Räumungsklage zurückzunehmen, indem sie ihn hierherverschleppten. Allerdings bin, statt ihm, nun ich hier."

Jemand nahm ihm das Phone weg, dann hörte ich wieder eine der Ladys: „Hör zu, Arschgesicht, du bringst uns diesen Altpernstein!"

„Aber ich habe doch nur sein Ohr!", sagte ich.

„Das Ohr ist ein Anfang! Bring uns den Rest von ihm, und dann kannst du den hier gerne wieder zurückhaben."

Als hätte ich nicht schon genug Probleme!

„Und wie?"

„Lass dir was einfallen!"

Ich überlegte: Wegen so eines abgerissenen Ohres würde man nicht den ganzen Tag im Krankenhaus bleiben, Pflaster drauf und zwei Schmerztabletten, das war's. Ich überlegte also weiter: Wie viele neureiche Investoren konnte es geben, die eng mit dem Kanzler befreundet waren und einen Tick mit „der Familie" hatten, sodass sie sowohl ihren Hengst *Family Hero* als auch ihren Club *La Famiglia* nannten? Schließlich überlegte ich laut weiter: „Um 17 Uhr bin ich mit ihm bei der Pferderennbahn draußen in der Krieau, Graf-Nilasci-Gedenkrennen, tausendzweihundert Meter der Einjährigen, vor der Wettannahmestelle!" Einen Versuch war es wert. Und wenn ich Ku nicht zurückbekommen sollte, dann würde es mir auch recht sein. Er kam mir in letzter Zeit ohnehin ein wenig unsozialistisch vor.

Ich rief Lovegod in Bratislava an und bestellte auch ihn zur Rennbahn, eine halbe Stunde früher. Schließlich schuldete er mir was, seit ich ihm zu seiner neuen Identität als Gernot Roithenfellner verholfen hatte. Jetzt musste ich mir nur noch überlegen, wie ich diesen Altpernstein dorthin bringen konnte.

Während ich überlegte, schaute ich auf meine goldene Uhr und verlor jede Hoffnung, es doch noch zum Rathaus zu schaffen: Es war bereits 11:07 Uhr. Junk-Food knetete das Ohr weiter wie einen Teig. Ein wenig Faschiertes drauf und man konnte es als Roulade in den Ofen schieben.

Ich sagte: „Herrgott, was machst du denn mit dem Ohr?"

Da es jetzt aber auch schon egal war, ließ ich ihn weiterkneten, das Kneten schien ihn zu beruhigen.

Ich sagte: „Also?"

„Nachdem ich Chantalle da unten gesehen hatte", fing er an, „geriet ich in einen Zustand der Überforderung. Ich meine ... sie war tot! Und wenn ich überfordert bin, dann brauche ich Pizza. Aber zu Hause gibt es nie Pizza, da gibt es immer nur Salat. Also gehe ich zum Doktor, wenn ich überfordert bin ..."

So, wie er aussah, war er oft überfordert, denn er hatte sich für sein Alter schon ordentlich Pfunde auf die Rippen gefuttert. Und so, wie es aussah, hatte er mich angelogen, als er gesagt hatte, dass er Chantalle gar nicht kennen würde.

„Du kanntest sie also!"

„Ja, was denkst du denn?", fragte er mich. „Ein Fünfzehnjähriger, der aussieht wie ich, und eine Fünfzehnjährige, die den Erwachsenen ständig sagt, wie sie leben müssen, damit der Planet nicht zu brennen anfängt – wen hätten wir sonst treffen sollen? Wir mussten uns anfreunden!"

„Der Planet fängt also zu brennen an?", fragte ich.

„Ja, Alter, weißt du das denn nicht? Darum wollte sie ja, dass man nicht mit dem Motorrad fährt, sondern nur mit dem Fahrrad!"

Hier musste ich einhaken: „Moment, Moment, was denn für ein Motorrad?"

Da unten im Hof in der Nähe der Sandkiste war dieser Ölfleck, und daneben lag ein aufgebrochenes Schloss, das zu einem Motorrad gehört haben könnte.

„Kennst du jemanden, der eines fährt?", fragte ich.

„Na ja, meine Mütter fahren eine Harley, und die stand immer da unten im Hof."

Hier musste ich wieder einhaken: „Moment, Moment. Wieso denn Mütter? Wie viele hast du denn?"

„Na, was denkst du denn? Zwei!"

Das Problem im Gemeindebau – und überall sonst auf der Welt – waren nicht die Ausländer, die Arbeitslosen oder die Drogenfreaks, sondern die Mütter, die dein Leben zerstörten. Darum fragte ich, von Mann zu Mann: „Ist nicht eine schon zu viel?"

Er gab mir recht: „Eigentlich schon!"

Seine beiden Mütter, erzählte er, konnten unterschiedlicher nicht sein: Die eine führte als Big Betty einen Rockerclub in Wien-Margareten und war auch schon ein paarmal in der Zeitung gewesen wegen Körperverletzung und Landfriedensbruchs. Die andere, Elli, war deutsche Vegetarierin, die im Zuge einer Städtereise in Bettys Club hineingestolpert war, ohne zuvor jemals Rockmusik gehört zu haben. Gegensätze ziehen sich an – leider! – und zwischen den beiden funkte es – leider! Bald zog Elli zu Betty nach Wien in den Gemeindebau – leider! „Aber wenn du lesbische Rockerin bist", sagte er, „dann bist du hier im Gemeindebau gut aufgehoben, weil sie im Gemeindebau zwar keine Lesben mögen, aber nichts gegen Rockerinnen haben. Wohingegen sie in den besseren Gegenden kein Problem mit Lesben haben, aber sehr wohl mit Rockerinnen. Verstanden?"

Die Unterschiede zwischen den beiden – hier Motoröl und Zylinder, dort Leinöl und Koriander – aber blieben. Und um die Bruchlinie zu kitten, adoptierten sie vor zehn Jahren eben den damals noch kleinen Junk-Food aus China, der bei der Lieferung zwar astreines Chinesisch sprach, aber kein Deutsch.

„Darum gibt mir der Doktor ja auch die *Lustigen Taschenbücher* zu lesen!", sagte er. „Damit ich endlich ordentlich Deutsch lerne."

Pardautz!

Seine Mütter, erzählte er weiter, hätten heute schon um fünf Uhr früh die Wohnung verlassen, um mit der Harley zum Wandern auf den Schneeberg hinauszufahren: „Sie wollten ihre neuen Bergschuhe einlaufen, mit denen sie dann im Sommer nach Südtirol zum Familienwandern der Hells Angels fahren wollten. Aber, he, ohne mich!"

„Moment, Moment", hakte ich erneut ein. „Um fünf Uhr schon mit neuen Schuhen zum Wandern aufgebrochen?“ Und dachte an die alten Treter, die unten beim Mistplatz gestanden waren. „Dann sind das wohl ihre?“

„Kann sein!“, sagte er. „Das Problem war, dass ich selbst um fünf Uhr dort unten mit Chantalle verabredet war, die ein Transparent auf dem Müllberg anbringen wollte, auf dem sie den Sohn des Bezirksvorstehers Dokupil frontal als Schwein angriff.“

Weil er aber nicht gleichzeitig mit seinen Müttern dort hingehen konnte, verschob sich seine Ankunft am vereinbarten Treffpunkt um eine Viertelstunde, und als er schließlich dort ankam, waren seine Mütter weg und Chantalle tot. Er zählte für uns eins und eins zusammen – Chantalles Hass auf Motorräder einerseits und das aufbrausende Wesen seiner Rockermutter Betty, das sie zwar gut, aber nicht vollständig im Griff hatte – und fühlte sich überfordert.

Ich zählte meinerseits alles zusammen und fragte ihn, ob seine Mütter denn ein Messer mit dabeigehabt hätten? „In der Jausenbox zum Beispiel, um damit die Bergsteigerwurst zu schneiden?“

„Für die Wurst sicher nicht!“, sagte er. „Aber Elli hatte immer ein Messer mit dabei, um Äpfel zu schälen. He, hast du was zu futtern?“

„Zu futtern nicht“, sagte ich. „Aber vielleicht was zu rauchen?“

Er musste nicht lange nachdenken: „Na, gib schon her!“

Während ich die Rauchwaren aus meinem Täschchen holte, interessierte sich Guttmann für das Messer, von dem er Junk-Food gerade reden gehört hatte. Und nachdem ich ihm alle möglichen Zusammenhänge erklärt hatte, meinte er: „Ich führe die beiden Rockerinnen dann mal als Verdächtige, okay?“

Junk-Food hatte nichts dagegen, weil er den gleichen Verdacht hatte, und konnte uns dann sogar Stiegen- und

Türnummer von Chantalles Wohnung nennen. Und die lag – wie auch nicht? – schon wieder im vierten Stock, diesmal im Ahornhof auf Stiege 13.

Bevor wir aber in den Hof hinuntergingen und von dort aus hinauf zu dieser Wohnung, um Chantalles Mutter über den Mord an ihrer Tochter zu informieren, wollten wir uns alle ein wenig erholen und uns Rauch zuführen, das konnte schließlich nie schaden. Die Schmerzen in Guttis Knie; das ziellose Hin und Her zwischen den vielen Stockwerken; die Niederlagen in all diesen Wohnungen, in die wir es schließlich geschafft hatten; das ganze Elend mit den Investoren und der Niedergang der Sozialdemokratie; dazu die lange Nacht, der wenige Schlaf, der ganze Stress! Und immer noch war nicht geklärt, wer Chantalle und die Alte umgebracht hatte, trotz Treppe rauf, Treppe runter – das alles überforderte auch uns, um es mit Junk-Foods Worten zu sagen. Also zündete ich einen fetten Joint an. Und sofort wich das Störrische in Junk-Foods Augen der Gier der Jugend nach neuen Erfahrungen und nach Entspannung. Er nahm das Gerät und zog den Rauch tief in seine Lungen. Freute sich zunächst über die Wirkung des Rauchs wie der Oligarch über das Geld, das er dem Staat aus den Taschen ziehen konnte. Bog dann aber plötzlich wieder ab in Richtung Bettler, der auf der Straße den Blues sang, und fing an zu weinen.

„Was ist denn jetzt wieder?“, fragte ich.

„Mein Handy!“, schluchzte er.

Ein Phone zwischen den Fingern war den jungen Leuten mittlerweile wichtiger als ein fetter Ofen zwischen den Fingern. Also holte ich seines aus meiner Umhängetasche und gab es ihm zurück.

Als er sah, dass es gar nicht kaputt war, stand ihm der Mund offen wie zuvor der von Guttmann, als er den Arsch der Dokupil gesehen hatte.

Zur Not musste man sich auch zweimal entschuldigen können, fand ich, also sagte ich noch einmal: „Ähem ..." Deutete dann aber auf mein blaues Auge und schlug vor, dass er sich im Gegenzug auch mal entschuldigen könnte.

Er aber zuckte nur lässig die Schultern und meinte, dass Chantalle ihm gezeigt hätte, wie man einem die Kniescheibe in den Arsch hinaufschieben konnte, dass er also noch ganz andere Sachen mit mir hätte anstellen können. „Die konnte sich wehren", sagte er ganz ohne Reue, und ich ließ es lieber nicht darauf ankommen, mich mit ihm anzulegen.

Nach zehn Minuten beendeten wir die Rauchsession und standen auf. Und während Junk-Food und ich wieder vorausgingen, begann Guttmann hinter uns laut nachzudenken: Warum hatte Chantalle sich nicht gewehrt, wenn sie sich doch hätte wehren können? „Kampfspuren am Tatort gab es jedenfalls keine, was auf einen überraschenden Angriff hindeutet. Oder darauf, dass sie ihren Mörder gekannt hat. Oder ihre Mörderin. Also was meinst du?", fragte er mich.

Und ich sagte: „Ja, was weiß denn ich!"

***

Wir schleppten uns abermals in die Mitte des Ulmenhofes, wo wir Junk-Food zu den anderen setzen wollten, um selbst hinauf zu Chantalles Mutter zu latschen. Sie war bisher nirgends aufgetaucht, niemand hatte ein „Mein Kind! Mein Kind! Was ist mit meinem Kind?" gehört, also konnte es sogar sein, dass sie vom Mord an ihrer Tochter noch gar nichts wusste. Manche verschliefen einfach alles beziehungsweise hatten sie immer Wichtigeres zu tun. Ich dachte an die Worte der Zahadil, die Chantalles

Mutter als mindestens lebenslustig beschrieben hatte mit vielen Männerbesuchen. „Als wäre sie ein Wirtshaus!" Und an die Dokupil, die uns ihren missratenen Sohn als einen dieser Wirtshausbesucher genannt hatte.

Sie selbst saß nun mit ihrem gepackten Koffer zwischen den Beinen neben Herschel und himmelte ihn an. Sie hätte mit dem vollen Koffer in der Hand auch gleich abhauen können, aber wohin? Sie war die letzten Jahrzehnte an der Seite ihres Mannes verwelkt, und jetzt sah sie – ausgerechnet! – in Herschel eine Gießkanne und in ihm das Elixier, das sie wieder zum Blühen bringen sollte. Und er war nur zu bereit, sie zu gießen! Was wiederum nichts Gutes für Guttmanns Liebespläne bedeutete, der jede Hoffnung auf einen geilen Frühling begraben musste, als er die beiden sah.

Ich versuchte ihm die Zahadil schmackhaft zu machen, aber die fütterte wieder ihre Tauben und wollte von Männern wohl endgültig nichts mehr wissen. „Keine voreiligen Pläne mit dem Inhalt des Koffers!", mahnte ich die Dokupil, bevor mich Junk-Food fragte: „Muss ich wirklich bei denen bleiben? Ich meine ... die sind alle über hundert!"

Was nun wieder der Dokupil nicht schmeckte.

Ich nahm Junk-Food das Ohr weg, weil es hier keinen guten Eindruck machte, wenn er daran herumknetete, und sah, wie nun auch noch die Kucharik zur Runde dazustieß und dadurch den Altersschnitt gleich noch einmal um ein paar Jährchen hob. Sie trug ihren Plumosus mit sich herum, der nun alle Blätter hängen ließ. Das konnte etwas mit Finks Düngung zu tun haben, aber auch mit meinem Zigarettenstummel, den ich in der Erde versenkt hatte, vielleicht auch mit beidem.

Sie packte mich am Ärmel und fragte, ob ich ihr jetzt endlich sagen könne, wer der Inspektor von der

Polizei wäre, von dem ich ihr die ganze Zeit erzählt hatte, weil sie müsse dann wirklich dringend mit ihm reden. Ich deutete auf Guttmann und sagte: „Na, da steht er ja!"

„Der?", fragte sie und ging langsam auf ihn zu, schaute ihn sich genauer an, arbeitete die Unterschiede zum Doktor, den sie zuvor noch in ihm gesehen hatte, heraus, und war nahe daran, mir zu glauben: „Wissen S', es geht überhaupt nicht um den Plumosus", sagte sie. „Es geht um alles andere, was ich heut' in der Früh beim Mistplatz gesehen hab'."

„Und was haben Sie gesehen?"

Bevor Guttmann sich aber anhören konnte, was genau sie gesehen hatte, fiel die Zahadil rücklings von der Bank herunter und blieb im Kies liegen.

Guttmann, der in Erster Hilfe ausgebildet war, rief zuerst „Herzinfarkt!" und dann „Defibrillator!". Als aber keiner einen brachte, warf er sich – Wampe voran – entschlossen auf sie drauf. Die hundertfünfzig Kilo auf ihrem Herzen brachten es wieder zum Schlagen, nachdem er sich von ihr heruntergerollt hatte. Dankbar legte sie sich auf ihn drauf und umarmte seinen massigen Körper mit ihren knochigen Armen, während er versuchte, sich von ihr zu lösen, um endlich mit der Kucharik zu reden.

Die aber glaubte nun umso weniger, dass Guttmann von der Polizei war, je stärker seine ungelenken Bewegungen unter der Zahadil nach Sex in der Öffentlichkeit aussahen. „Der ist nicht von der Polizei!", war sie sich endlich ganz sicher. „Der gehört selbst eingesperrt!"

„Aber freilich ist er von der Polizei!", konterte ich schon recht ungehalten. „Und wenn Sie ihm was zu erzählen haben, dann tun sie es endlich, dalli, dalli, rucki, zucki!"

„So nicht mit mir!“, sagte sie beleidigt und ging Richtung Mistplatz. „Mit mir kann man auch anders reden, schließlich hab’ ich heut’ in der Früh alles gesehen! Alles!“

Guttmann löste sich endlich doch noch von der Zahadil und übergab sie an Herschel, der mit Mund-zu-Mund-Beatmung weitermachte, was beiden gut gefiel, aber nun wieder der Dokupil nicht, die sich mit ihm zusammen bereits den Gerichtssaal verlassen sah, im Triumphmarsch.

Ich merkte, wie sie gierig auf die Koffer starrte, und rief die Biene herbei, um einen der beiden Koffer (den mit den Unterlagen) zu den Beweismitteln zu stellen, den anderen (den mit dem Bargeld und den Sparbüchern) daneben. „Warum genau, erkläre ich dir später.“

Sie nahm beide und fragte: „Gibt’s noch Bier?“ Was Fink mit „Ja!“ beantwortete. Der war gerade wieder von der Tankstelle zurückgekommen, wo er frisches gekauft hatte.

Ich warf noch ein paar Joints in die Runde und folgte der Kucharik zum Mistplatz, die sich dort zur Sandkiste setzte, Guttmann lief mir hinterher und Junk-Food hinter Guttmann.

Die Kucharik deutete in Richtung Depot der Müllmänner und sagte: „Da drinnen sind sie gesessen.“

„Wer?“, fragte Guttmann.

„Der junge Dokupil und ...“

„Na?“

Sie zierte sich: „Wollen Sie’s wissen?“

„Na freilich!“

„Der junge Dokupil und die ...“

„Na wer?“

„Na gut, dann sag ich’s Ihnen halt, aber Sie müssen es mir schon glauben.“

„Das werde ich Ihnen dann schon sagen, ob ich's Ihnen glaube, weil Sie sind ja auch schon ... wie alt?"

„Was schätzen S' denn?"

„Über neunzig auf jeden Fall! Und bei so alten Waben muss man vorsichtig sein. Aber bitte, wir hören!"

Aber wir hörten vorerst nichts. Denn plötzlich bog ein Taxi mit sehr hoher Geschwindigkeit und aufheulendem Motor in den Hof herein und bremste die Zeuginneneinvernahme. Ich wusste natürlich sofort, dass es Jacky war. Denn wenn nicht sie es gewesen wäre, dann hätte es Ayrton Senna sein müssen, und der war tot.

Sie bremste sich direkt vor uns ein und öffnete die beiden hinteren Türen. Zwei Rockerbräute, die sich heftig stritten, stiegen aus. Die eine meinte, sie wollte ja gleich nicht zum Wandern hinaus auf den Schneeberg, die andere, dass sie ja nichts dafürkönne, wenn die Harley auf halber Strecke zum Schneeberg krepiere.

„Und ich habe genug von deinen Lügen!"

„Ach ja? Welchen Lügen denn?"

„Dass du sagst, du würdest auf Fleisch verzichten, und dann riecht die Jausenbox wieder nach Wurst!"

„Ach, steck dir doch deine Apfelspalten in den Arsch!"

Erst, als sie Junk-Food sahen, beendeten sie ihren Streit und verbündeten sich gegen ihn: „Wie siehst du denn aus?", schrie die eine, die nicht wandern wollte, und meinte wohl seine verdrehten Augen, die von Lemmys Gras herrührten, und seine heraushängende Zunge, die auf dasselbe Konto ging.

Ich aber wollte nicht, dass sie meinem neuen Freund deswegen Vorwürfe machten, und stellte mich an seine Seite: „Ich war es, der ihm einen Joint gegeben hat! Und weil er irgendwann auch mal richtige Frauen sehen soll, habe ich ihm einen Gutschein fürs Pornokino auch gleich mit dazugegeben."

„Chung Fu!“

Der verschwand zunächst hinter seiner brennend roten Gesichtshaut, bevor überraschend Körperspannung in ihn zurückkehrte. Er richtete sich auf wie ein Hahn und schrie seine Mütter an: „Ich fahre nicht mit euch zum Wandern nach Südtirol! Und überhaupt will ich beim Doktor leben! Ich brauche nämlich ein männliches Vorbild!“

„Männliches Vorbild“ klang absurd, wenn man den Doktor schon einmal gesehen hatte, und ich fragte mich, warum er nicht mich nannte, der ich Jacky gekonnt in den Arm nahm und küsste. Ich war ein wenig beleidigt, aber das legte sich, als sie mich mit breitem Grinsen fragte: „Na, Großer? Ça va bien?“

„Was?“

„Geht's gut?“

„Ja, schon.“

„Ist das nicht magic, dass ich hier bin?“

„Schon! Aber ...“

Ihr fiel meine grüne Rapid-Hose auf, die ich nun anstelle des gelben Jogginganzugs trug, und sie fasste mir gleich an die Hose. Aber ich reagierte nicht, deutete stattdessen auf die Kucharik bei der Sandkiste und Guttmann neben ihr. Seltsamerweise schien sie sofort zu verstehen, worum es ging.

Sie riss der Kucharik ein paar Haare aus, rieb sie in ihrer Hand, spuckte was drauf, was sie vorher gründlich gekaut hatte, und mischte etwas Sand darunter. Dazu murmelte sie ein paar Worte auf Kongolesisch. Am Ende steckte sie sich das Knäuel Dreck zwischen die Arschbacken und bat mich, ein paarmal kräftig dagegenzuschlagen, und, verdammt: Auch wenn der Zauber nicht wirken konnte – er wirkte!

Plötzlich fing die Kucharik nämlich an zu zittern und setzte fort, wo sie vorhin aufgehört hatte zu reden: „Da drinnen sind sie gesessen. Der junge Dokupil und die Lydia Snopek ..."

***

Eine halbe Stunde später hatten wir sie alle, die noch lebten und nicht schliefen, im Hof um die Zahadil herum versammelt. Die saß wiederbelebt neben Herschel und hielt seine Hand, während sich die Dokupil nun neben Fink gesetzt hatte und dankbar ein Bier nach dem anderen leerte. War es möglich, dass sie und er ...?

„Haben Sie schon gehört, dass einem Freund des Kanzlers letzte Nacht ein Ohr abgerissen wurde?", fragte er sie, und sie wollte gleich mehr wissen.

„Wirklich?"

„Ja!"

„Nein!"

„Doch!"

„Aaaah!"

Mutter Betty griff nach einem zweiten Bier, Mutter Elli öffnete die Jausenbox und biss ebenso beherzt in einen Apfel. Schälen konnte sie ihn freilich nicht mehr, denn das Messer war bei der Biene Mayr, die es zusammen mit den anderen möglichen Tatwaffen unter ihrer Bank liegen hatte. Junk-Food saß zwischen seinen Müttern und schämte sich für beide, lieber wäre er beim Doktor gewesen, aber der ...

Verdammt!

Die Kucharik zitterte nach wie vor, denn neben ihr saß Jacky, die ihre Lianen kaute. Der junge Dokupil schließlich saß mit Lydia Snopek neben ihnen. Die beiden hatten wir zuvor aus der Wohnung von Chantalles Mutter geholt, wo sie zusammen im Bett gelegen waren, in enger, besoffener Umarmung – er mit seinen hundertzwanzig Kilos, sie mit ihren achtzig, beide waren Fleischesser. Sie war zweiunddreißigjährig und mit siebzehn schon Mutter geworden, wie wir erfahren hatten, er ebenfalls zweiunddreißigjährig und mit fünfundzwanzig schon Chef seiner Müllmännertruppe geworden, nachdem der Alte seine Beziehungen in der Partei hatte spielen lassen. Dass Erster Mai war, Tag der Arbeit und höchster Feiertag der Wiener Sozis, hatte er in seinem Rausch gar nicht mitbekommen.

Der Fall war geklärt, die Sache geritzt. Wir mussten die Lösung des Rätsels nur noch der wartenden Menge präsentieren, die sich ungeduldig um uns herum scharte: „Was ist jetzt, Oida? Wer war's?"

Guttmann machten die vielen Schaulustigen nervös, er wusste nicht recht, wo und wie er mit seiner Rede anfangen sollte. Mir hingegen half, dass ich auf meinem Nostalgiesender, wenn ich nicht schlafen konnte, auch alte Maigret-Filme mit Jean Gabin in der Hauptrolle schaute, wo er am Ende immer alle Verdächtigen zusammenholte und den Mörder überführte, unter lautem Geschnatter und Ich-war-es-nicht!-, Lüge!- und Dafür-haben-Sie-keine-Beweise!-Rufen der Anwesenden. Ich hatte für Guttmann noch einmal alle Fakten zusammengefasst, und jetzt sollte er – wie Maigret – alle wissen lassen, was wir wussten.

„Aber gib Gas!", sagte ich. „Ich muss dann noch zu den Pferden!"

Mittlerweile war es 14 Uhr geworden, die Sonne brannte auf uns herunter, und der Maiaufmarsch der Sozis um das Wiener Rathaus herum hatte sich längst aufgelöst. In mir war die Hoffnung zerbrochen, dass das noch etwas werden würde mit der Revolution, und so blieb mir als einzige Hoffnung, dass ich aus meinen zehn Euro, die ich gewettet hatte, vielleicht hundertachtzig machte, wenn *Fanny Bunny* gewinnen würde, und dass ich einen Teil davon Ringo gab, von dem ich nicht einmal wusste, ob er noch lebte.

„Ähem, also alsdenn“, fing Guttmann schon sehr umständlich an. „Chantalle Snopek, die fünfzehnjährige, angehende Meisterfriseurin drüben im *Frisier- und Beautysalon Viktoria*, letzte aufrechte Kommunistin, jedenfalls in ihrem Alter, und beseelt vom Wunsch, die Welt besser zu machen, bekleidet mit einer Baskenmütze, wie sie schon unser aller Che getragen hat, und mit einer Second-Hand-Bluejeanshose à la Jane Fonda, weil sie es ablehnte, sich neue Kleidung zu kaufen, die den Planeten noch stärker brennen lassen würde, diese Chantalle Snopek also, aufmerksame Beobachterin aller Missstände hier im Gemeindebau, die jedes weggeworfene Papierl aufgehoben hat und die sich dafür einsetzte, keine Tschickstummel in die Pflanzen auf den Fensterbankerl der Gemeindebaubewohner ...

„... und -innen ...“, war von der Biene zu hören.

„... zu stecken, die den Verbrennungsmotor aus tiefster Überzeugung ablehnte und andererseits dafür eintrat, in die Pedale zu treten und sich an die Regeln des Zusammenlebens zu halten ...“

„Oida, mach Meter!“, rief der Erste aus dem Publikum, der mit den gestohlenen Zeitungen unterm Arm zurückkam und endlich zum Frühstück sein erstes Glas Wein trinken wollte. Und ein Zweiter setzte mit „Ey, Bruuda! Fick dich!“ nach.

Auch im inneren Kreis der Verdächtigen, den wir hier versammelt hatten, wuchs die Unruhe, es wurde bereits heftig mit den Füßen im Schotter gescharrt oder mit den krummen Däumchen gedreht. Nur Jacky strahlte mich begeistert an und hüpfte auf ihrem kleinen Arsch auf und ab, als wäre sie in Kinshasa im Kasperltheater und ich dort der Kasperl.

„Wer war's?“, schrie ein Nächster.

„Lass es endlich raus, Opa!“, ein anderer.

„Also“, fing Guttmann noch einmal an, „Chantalle Snopek stand heute um 04:50 Uhr in der Früh auf, weil sie, so ihr guter, platonischer Freund Chang Fu, ein Banner mit der Aufschrift ‚MÜLLSCHWEIN DOKUPIL – ES IST GENUG!‘ auf dem Haufen Sperrmüll anbringen wollte ...“

Die Biene entrollte das Banner.

„... samt Signatur ‚FFF‘ drauf, als Zeichen des Protestes gegen die Sauerei, die hier im Gemeindebau seit ein paar Monaten angerichtet wurde, gedeckt und gefördert von diesem Mann!“

Guttmann deutete zielsicher auf den jungen Dokupil, der neben Chantalles Mutter saß, die wiederum ihr Gesicht vor Scham in den Händen vergrub.

„Und was heißt ‚FFF‘?“, wollte einer wissen.

„Friseure for Future!“, schrie Junk-Food.

Guttmann fuhr fort: „Nicht nur wollte der junge Dokupil vor den Gemeindebaubewohnern den Chef raushängen lassen, indem er ihnen gegen einen nicht zu geringen Obolus erlaubte, ihren Sperrmüll hier abzulagern, er wollte auch bei den Damen des Gemeindebaus gelten. Wesentlich dafür schien ihm der Besitz motorisierter Untersätze, seien sie vierrädrig oder zweirädrig, Hauptsache PS-stark. Von den Vierrädrigen hatte er gerade keinen, weil er weder Führerschein noch Untersatz noch Geld besaß, um sich einen neuen zu kaufen – weil er der noch einmal größere Trottel ist, als den die Frau Zahadil ihn bezeichnet hat? Ich denke, ja.“

Der junge Dokupil schaute böse in Richtung der Zahadil, während Jacky auf die Bank sprang und dort auf- und abhüpfte, in die Hände klatschte und mich anfeuerte, endlich selbst etwas zu sagen.

Also hielt ich das rote Höschen in die Höhe, das wir im Depot der Müllmänner gefunden hatten, und drückte noch einmal ein bisschen mehr Schmalz aus der Tube: „Das rote Höschen!", hob ich an und verwies auf Größe und Schnitt, um Jackys kurz aufkeimende Eifersucht zu zerstreuen. „Dieses rote Höschen gehört unzweifelhaft Jacqueline Snopek, der Mutter der Ermordeten Chantalle, und es wurde heute früh im Depot der Müllmänner gefunden. Wir fragten uns: War sie um diese frühe Stunde schon wach, um im roten Höschen in Richtung Rathaus zu marschieren? Nein, das war sie mitnichten! Vielmehr war sie um diese frühe Stunde noch gar nicht im Bett, denn sie hatte die ganze Nacht mit dem jungen Dokupil im Depot gefeiert!"

Strenge Blicke trafen die Snopek und den jungen Dokupil.

„Gewiss wurden dabei zarte Worte gewechselt!", mischte sich Guttmann wieder ein, der Gefallen an seinem Vortrag gefunden hatte: „Gewiss hat der junge Dokupil der Lydia Snopek ins Ohr geflüstert, dass sie diejenige wäre, die er immer gesucht hätte, und so weiter. Und gewiss hat sie es ihm geglaubt und selbst alle Hoffnung in ihn gesetzt, um aus ihrem Leben, in dem sie stets am Rande der Armut dahinschrammte, auszubrechen. Stimmt's?"

Chantalles Mutter nickte zerknirscht, während der junge Dokupil unsicher lachend in Richtung seiner eigenen Mutter schaute, die ihm aber nicht helfen wollte, sondern lieber an Finks Lippen hing, der ihr aus seinem aufregenden Journalistenleben erzählte.

„Nein?“

„Doch!“ Ich schob Gutti zur Seite und übernahm wieder: „Im Alkohol- und Liebesrausch bot der Bezirksvorstehersohn der alleinerziehenden Mutter eine Spritztour an, was bei den Damen immer gut ankam, solange man Untersatz und Führerschein hatte. Beides besaß er, wie gesagt, nicht, also blieb ihm nur die Harley Davidson der beiden Rockerbräute, die stets vor dem Depot stand und die er neidvoll beäugte. Eine Schneidezange, um das Schloss aufzubrechen, hatte er im Depot schnell zur Hand. Damit bewegte er sich im Überschwang auf das Zweirad zu, fest entschlossen, das Schloss zu knacken und eine Ausfahrt zu machen.“

„Es war kurz nach fünf Uhr früh!“, ergänzte Guttmann.

„Und dann?“, schrie jemand.

„Dann nahmen die Ereignisse ihren Lauf!“, schrie ich zurück. „Als die beiden Rockerbräute nämlich heute Morgen noch vor ihrem Sohn Junk-Food, einem Chinesen mit Leseschwäche, aufstanden, um ihrer Leidenschaft, dem Bergwandern, zu frönen!“

„Wofür sie aber stets das Zweirad nahmen, um in die Berge zu kommen, was Chantalle nicht schmeckte“, schrie Guttmann, bevor er an die beiden Rockerbräute die Aufforderung richtete, ihre Geschichte selbst zu erzählen.

Und die Vegetarierin fing an: „Betty und ich hatten uns gezankt, weil sie lieber Motorrad fährt und ich lieber Bergwandern gehe. Also einigten wir uns auf einen Kompromiss und wollten frühmorgens mit der Harley hinausfahren zum Schneeberg, um dort zu wandern. Aber dann sahen wir das Motorradschloss aufgebrochen, und es kam uns sofort Chantalle in den Sinn, die an allem etwas auszusetzen hatte, was mit Benzin zu tun hat.“

„Wobei wir sagen müssen: Im Grunde hat sie ja recht!“, sprach nun Betty weiter. „Auch wir wollen nicht, dass der Planet zu brennen anfängt, aber ein bisserl Motorradfahren wird man ja hoffentlich noch dürfen!“

„Ihr seid Rockerbräute durch und durch!“, sagte Guttmann streng. „Ihr hattet also jeden Grund, Chantalle zu töten, weil sie euch ständig kritisierte. Und eine von euch beiden hatte sogar ein Messer mit dabei, um ihre Äpfel zu schälen, denn sie ist ... Vegetarierin!“ Mit großer Verachtung deutete Guttmann auf Elli, während die Biene das Messer in die Höhe hob und allen zeigte.

„Sie hatten wirklich jeden Grund, Chantalle zu töten!“, wiederholte Guttmann.

„Aber Sie waren es nicht!“

„Verdammte Scheiße, wer war es dann?“, schrie einer.

Nun zeigte Guttmann auf die alte Kucharik und erwähnte deren Plumosus sowie ihren morgendlichen Ausflug zum Mistplatz, um den Plumosus wieder einmal zurückzuholen. Er bat sie, aufzustehen und ihre Geschichte zu erzählen, was sie gerne noch einmal tat: „Ich hab’ ja immer diese Probleme mit meinem Plumosus ...“

„Interessiert keinen!“, schrie ich.

„Also, mein Plumosus war nicht mehr da, wie ich in der Früh aufgestanden bin und nachgeschaut hab’. Da hab’ ich gewusst, dass der Depperte von oben ihn mir wieder zum Mist gestellt hat, als reine Provokation.“

„Der Depperte von oben ist jetzt wer genau?“, fragte Guttmann.

„Na, der in der Unterhose!“

Der noch immer nicht da war, weil er ja oben in seiner Bude an der Gasleitung hing. Ich nahm mir vor, ihn so bald wie möglich von dort herunterzuholen, damit er nicht am Ende doch noch die Gasleitung zerriss, und fragte stellvertretend für das Publikum: „Der Doktor Beier?“

„Doktor in seinen Träumen!“, blaffte die Kucharik. „Drei Klassen Volksschule und einen Tanzkurs, das war's bei dem mit der Bildung, plus vielleicht die paar Donald-Duck-Hefterl, die er noch immer studiert. Aber trotzdem besteht er darauf, dass die Fensterbankerl frei sein müssen, weil er sonst nicht flüchten kann, wenn es so weit ist.“

„Wenn was so weit ist?“

„Na, der Weltuntergang!“

„Aber wohin will er dann flüchten, wenn die Welt untergeht?“

„Ich glaub', das weiß er selber nicht so genau! Jedenfalls geh' ich wieder einmal zum Mistplatz in aller Herrgottsfrüh und sehe dort auf einmal die krumme Frau Jurcic ...“

„Ein altes Weiberl“, ergänzte Guttmann, „das wie so viele in diesen Tagen nicht mehr genug zu essen hat und sich daher frühmorgens zur Biotonne schleichen muss, um sich ein paar verfaulte Äpfel oder Tomaten für ein Feiertagsmahl zu holen, während andere nicht genug kriegen können!“

„Richtig!“, schrie die Zahadil, der aber Herschel versichern konnte, dass sie in Zukunft genug zu essen haben würde an seiner Seite.

Voll Abscheu deuteten die Zahadil und Guttmann auf die Dokupil sowie auf den jungen Dokupil, dem das alles vollkommen wurscht war. Schließlich war er der Sohn des Bezirksvorstehers, so dachte er, und als solchem konnte ihm nichts passieren.

„... und seh' ich also“, erzählte die Kucharik weiter, „wie die Jurcic auf einmal bis ins Mark hinein erschrocken ist, weil sie was gesehen hat, und zwar beim Motorradl, das was dort immer abgestellt ist. Und auf einmal kriegt sie was am Schädel, so ein Riesentrumm, ich weiß auch nicht, was das genau war ...“

Die Biene hielt, um den Vortrag der Kucharik zu unterstützen, den Bolzenschneider in die Höhe.

„... und fällt um wie ein Sack. Und ich seh' auf einmal den jungen Dokupil, wie er sich über die Jurcic beugt und sagt: ‚Die alte Miststierlerin steht nimmer auf!' Zu wem er das gesagt hat, hab' ich nicht gleich gesehen, ich hab' mir nur gedacht: Hoffentlich sieht er mich jetzt nicht, sonst krieg' ich auch eine über den Schädel und meine Lampe geht aus. Aber mich hat er Gott sei Dank nicht gesehen ..."

„Dafür", sprach Guttmann wieder für sie weiter, „hat seine nächtliche Gespielin im Depot, die Lydia Snopek, gesehen, wie in dem Moment ihre eigene Tochter, die Chantalle, zum Mistplatz kommt, um das Transparent auf dem Sperrmüll anzubringen, und messerscharf geschlossen, dass diese gerade den Mord ihres schändlichen Geliebten an der Frau Jurcic beobachtet haben muss. Die Chantalle, nie um ein Wort verlegen, hat sich nämlich umgehend an ihre Mutter gewandt und ihr vorgeworfen ..." Guttmann überließ nun wieder der Kucharik das Wort.

„... dass sie immer mit den Falschen beisammen ist und nie mit den Richtigen und letzte Nacht mit dem Dümmsten überhaupt, wie sie gesagt hat, dem jungen Dokupil, der ein Motorradfahrer und Verbrennungsmotorenfreund ist und sich überhaupt nicht um die brennende Erde schert. Ich hab' nicht verstanden, was sie damit genau gemeint hat."

Da sprang plötzlich Jacky auf, die gut zugehört hatte, während sie ihr halluzinatorisches Zeug aus dem Kongo gekaut hatte, und irgendwie ständig die richtigen Schlüsse zog: „Im Wissen, dass ihre Tochter den Mord ihres nicht sehr ansehnlichen Geliebten an der gewissen Frau Jurcic bezeugen würde, holte sie ein Brotmesser aus besagtem Depot und ermordete damit ihre eigene Tochter in der Sandkiste mit einem Stich mitten ins Herz. Danach gingen sie beide seelenruhig in die Wohnung der Kindsmörderin, wo sie ihr Liebesspiel ungerührt fortsetzten, et voilà! Richtig?"

„Richtig!", sagte ich.

„Überführt!", schrie Guttmann.

In das Triumphgeheul des Ermittlers hinein fing Chantalles Mutter plötzlich an zu weinen: „Hätte ich denn wieder Fake-Profile auf Flirtseiten betreuen und einsame Männer dazu bringen sollen, möglichst lange draufzubleiben und sich möglichst oft einen zu wichsen und dafür möglichst viel zu bezahlen?"

„Bezahlen wofür?", fragte Guttmann interessiert.

„Für Küsschen, für Nachrichten."

„Wie bitte?"

„Für jedes Küsschen bezahlt man zwei Coins, für jede Nachricht fünf Coins. Das billigste Paket mit Küsschen und Nachrichten umfasst hundertvierzig Coins und kostet 39,99 Euro. Könnt ihr euch vorstellen, wie viele Nachrichten man da verschicken kann, wenn dir einer seine Gefühle ausdrücken und dann auch noch ein paar Küsschen schicken will?"

„Ein Küsschen?", fragte Guttmann noch einmal.

„Ja."

„Kostet fünf Coins?"

„Ja."

„Was sind Coins?"

„Na, Coins halt, die man für Euros kaufen kann! Es gibt welche, denen ich fünfhundert Euro pro Tag aus der Tasche gezogen habe. Aber davon kriege ich nur ein halbes Prozent, das sind 2,50 Euro vor Steuern, den Rest kriegt der Betreiber der Seite, der was ein reicher Investor ist."

Schon kriegte ich wieder Sodbrennen.

Die Snopek starrte ins Leere. Dort sah sie das traurige Leben, das hinter ihr lag, und die Hoffnung, die sie in ein Leben mit dem Dokupil gesetzt hat. Mistküblergattin wäre sie gerne geworden, und wer weiß, vielleicht war sie sogar nahe am Ziel gewesen, bevor ihre eigene Tochter heute früh beim Depot auftauchte und ihren Geliebten anschwärzte. Plötzlich stand Chantalle zwischen einem Leben mit Fake-Profilen auf Flirtseiten und einem mit regelmäßigen Flügen nach Mallorca. Ganz eindeutig hätte sie lieber die Flüge gehabt.

„Alles hat sie besser gewusst", schimpfte sie über ihr eigenes Kind. „Über alles hat sie sich aufgeregt! Ihrer Chefin hat sie gesagt, dass ihr mehr Lohn zusteht. Wie ist sie denn darauf gekommen? Dem Doktor hat sie gesagt, dass ein Ausländer auch ein Mensch ist. War sie denn verrückt? Einem jeden hat sie erzählt, dass sie nach der Lehre noch die Matura macht und dann Bürgermeisterin werden will. Wie wenn eine Frau nicht auch einfach mit einem Mann glücklich sein kann! Hätte sie herumgehurt und gesoffen, dann täte sie noch leben."

„Hätte sie herumgehurt und gesoffen, dann wäre sie irgendwann so geworden wie Sie, die ihr eigenes Kind umbringt!", schrie Guttmann.

„Der alten Kiste glaubt doch vor Gericht kein Mensch!", sagte der junge Dokupil und zeigte ungerührt auf die Kucharik. Er war sich sicher, dass man ihnen nichts anhaben konnte, ganz Bezirksvorstehersohn, der den Blick für die Realität verloren hatte. So wie der Alte, der mit heruntergelassener Hose oben in seinem Schlafzimmer lag.

„Also, wenn Sie uns dann entschuldigen ...", sagte er, bevor er aufstand und mit seiner Geliebten zurück in ihre Wohnung wollte. Die aber verweigerte nun seine Hand. Sie fing an zu weinen, weil sie es plötzlich selbst nicht fassen konnte, dass sie ihre eigene Tochter getötet hatte. Um fünf Uhr früh am Ersten Mai, weil sie ihr im Weg zu stehen schien in Richtung sorgenfreies Leben an der Seite eines Idioten.

***

„Sie war mein kleiner Fratz", sagte einer, der sich während unseres Vortrags mit seinem schmalen Arsch zur Gruppe gesellt hatte. „Dann war sie auf einmal ein kleines Mädchen und dann ein großes, aber für mich ist sie immer der kleine Fratz geblieben. Und jetzt ist sie tot."

Es war Chantalles Vater, der, wie er sagte, zu spät gekommen war, um mit ihr zum Rathaus zu marschieren. „Wieder einmal zu spät. Ich hab' nämlich die Straßenbahn genommen, weil sie gesagt hat: ‚Papa, fahr nicht mehr mit dem Auto, da wird die Umwelt kaputt.' Also hab' ich das Auto verkauft, einen alten Škoda, und fahr' jetzt mit der Bim. Aber ich kenn' mich noch nicht so gut aus mit der Bim, ich bin dreimal umgestiegen und hab' mich viermal verfahren. Ich wohn' ja draußen im elften, wo die Wohnungen noch billig sind, und dort arbeite ich auch in der Gießerei. Und jetzt bin ich zu spät."

Er hatte ein blaues Auge, weil ihm in der Arbeit ein Kollege eine betoniert hatte.

„Ich trinke jetzt immer Wasser anstatt Bier in der Pause, weil der kleine Fratz gesagt hat: ‚Papa, Bier hast eh schon so viel getrunken, bitte hör auf.' Und hab' ich aufgehört, was aber meine Arbeitskollegen nicht verstehen. Und wegen dem ganzen Plastik kaufe ich keine Billigwurst mehr beim Discounter, weil der kleine Fratz gesagt hat: ‚Lieber einmal im Monat ein gutes Fleisch essen, dafür den Rest vom Monat gar keines.'"

Wir drehten alle beschämt Däumchen und schauten zu Boden, wo wir alle beschämt mit den Füßen am Boden scharrten, bis Guttmann endlich sagte: „Und was nimmst du jetzt mit in die Firma?“

„Knäckebrot und regionale Produkte.“

Ihn so reden zu hören, machte mich ganz hilflos, so hilflos, dass ich ihm eine Zigarette anbot, aber natürlich lehnte er sie ab: „Wissen Sie nicht, wie lange so ein Tschickstummel in der Natur ...“

„Jaja, ich hab’s schon verstanden.“

„‚Bitte hör auf damit!‘, hat der kleine Fratz gesagt. ‚Es ist das reinste Gift.‘ Also hab’ ich aufgehört damit, sie hätte ja eine Zukunft haben sollen ...“

Er trug seinen Blaumann, auch wenn er heute nicht arbeiten musste, aber er war stolzer Arbeiter, und als solcher wollte er heute zum Rathaus gehen, zu einer Partei, die sich um die Arbeiter längst nicht mehr kümmerte, sondern nur noch um die Geldsäcke und Investoren. Er ließ ein Barett, wie es Che Guevara getragen hatte, zwischen seinen Fingern hin- und herwandern, es war für Chantalle gedacht.

„Weil sie ihr das alte immer vom Kopf reißen, die Leute mögen ja keine Sozis mehr. Aber sie war halt eine Sozi, eine alte Sozi, wie es sie nicht mehr gibt, eine, der die Menschen noch was bedeuten. Und wissen Sie was? Ich hab’ ganz fest daran geglaubt, dass sie Bürgermeisterin von Wien wird, wie sie mir immer gesagt hat. ‚Ich werde Bürgermeisterin von Wien, Papa, als erste Frau!‘, hat sie immer gesagt, und ich war mir ganz sicher, dass sie es wird ...“

Aber jetzt war Chantalle Snopek, kommende erste Bürgermeisterin von Wien, tot, ermordet von ihrer eigenen Mutter, seiner ehemaligen Frau, die jetzt nicht mehr aufhörte zu weinen, so wie alle anderen auch.

Elli, die Apfelesserin, schien plötzlich ihren Lebensentwurf, der sie an Betty band, zu überdenken: Bin ich richtig, wo ich bin, schien sie sich zu fragen. Bin ich überhaupt so lesbisch, wie ich vegetarisch bin? Und noch wichtiger: Bin ich überhaupt Rockerin?

Sie ging zu Chantalles Vater hin und nahm ihn in den Arm, als plötzlich Leute vom Gaswerk in den Hof strömten und Männer von der Feuerwehr. Sie wollten, dass wir den Hof sofort verließen, weil irgendwo auf Stiege 22 starker Gasgeruch wahrgenommen wurde. Ich dachte: Gasgeruch? Hm ... Moment mal, Gasgeruch ...!

Da kam der Doktor seelenruhig aus der Stiege 22 herausgelatscht, die Handschellen noch dran, was mir Sorgen bereitete: „Du hast doch nicht das Gasrohr geteilt, um dich zu befreien?"

„Ich war früher Zehnkämpfer", sagte er, „bevor ich den Glauben an die Gerechtigkeit auch im Sport verloren hab', was mich letztlich zum dystopischen Prepper gemacht hat. Das Rohr hab' ich geteilt wie nichts."

„Bravo", sagte ich. „Und wo ist dein Hund?"

„Der schläft noch eine Runde. Aber sobald er aufwacht, kommt er herunter, und dann fahren wir in den Bunker nach Gramatneusiedl."

Ich dachte: Hoffentlich macht sich Biss nicht auf den Weg zu Herrchen, bevor die vom Gas den Hahn abgedreht haben! Hoffentlich streift er dabei nicht die heraushängende Elektrik, und hoffentlich kommt es dabei nicht zu einem Funkenflug, der das dann eventuell sich angestaute Gas in seiner nie gelüfteten Wohnung ...

Aber zu spät. Ein gewaltiger Rumms hob die Wohnung des Doktors mitsamt Dach in die Höhe sowie auch gleich die Wohnungen des Bezirksvorstehers daneben mit dazu. Ein Feuerball in blauer Gaswolke schob sich in die Höhe und nahm die Wohnung des Doktor Beier sowie die angrenzenden des Bezirksvorstehers mit. Das Herz der Kucharik erwies sich als deutlich über neunzigjährig, erinnerte sich an den Krieg und an all die Bomben damals, die es überlebt hatte, und hörte auf zu schlagen.

Wir räumten das Feld.

Dem Doktor händigte ich ein Päckchen *Vaya Con Dios* aus, dessen Konsum ihn über den Verlust seines Hundes hinwegtrösten sollte. „Hör zu, Dicker. Wie wär's, wenn du und Junk-Food hier einen schwungvollen Handel aufziehen würdet? Anfüttern der Kundschaft mit Sonderkonditionen, die Platzhirsche ..."

„Die Tschetschenen?"

„... wen auch immer aus dem Markt drängen, dann langsam wieder die Preise anziehen. Sinn des Lebens zurückgewinnen, wieder fröhlich sein! Zusammen mit der Sozialhilfe kann man sich da ein schönes Leben verdienen, ich meine langfristig. Was denkst du? Ihr könntet einen Markt hier aufziehen, damit ihr so etwas wie Anerkennung erlebt, und Junk-Food hätte ein männliches Vorbild, wenn du nicht völlig abstinkst dabei."

„Wir bunkern das Zeug bei mir in der Wohnung, sobald ich eine neue hab', und Chung Fu geht hinaus in den Verkauf?", fragte er.

„Jedenfalls gehst nicht du hinaus in den Verkauf, solange du keine Hose findest!", sagte ich.

„Deal."

Herschel ging mit der Zahadil, die ihm Kaffee ohne Schnaps versprach, in ihre Wohnung. Dass sie ihn umhauen würde, davon ging ich nicht aus, und wenn sie es versuchen sollte, dann wusste ich mittlerweile, dass ich mir um ihn keine Sorgen machen musste.

Um ihn nicht! Aber um Lemmy.

Sie brachten den Sarg mit der alten Jurcic weg und den mit der Chantalle. Darin lag die vermutlich letzte

Hoffnung der Sozis, nach ihr würde es keine Hoffnung mehr geben. Alles, was wir hier über dieses Mädchen gehört hatten, ließ uns denken, dass sie den roten Karren aus dem Dreck hätte ziehen können. Aber dann war ihre Reise geendet, noch bevor sie richtig beginnen konnte, bei den Mülltonnen in einem Gemeindebau. Ohne von ihr zu wissen, hatten sich die Granden der Partei – die mit ihren guten Kontakten zu den Steuervermeidern und Oligarchen – beim Rathaus ihre fetten Bäuche gestreichelt und ihre Reden geschwungen, während sie ihre goldenen Uhren an den Handgelenken hin- und herbewegten.

Das rote Wien, es war nicht mehr.

Ich legte Gutti einen tröstenden Arm um die Schulter, während ich ihm Jacky vorstellte: „Das ist Jacala Olosonomotikano. Ich darf Jacky zu ihr sagen, und du vielleicht auch, wenn du deine Beziehungen spielen lassen könntest, damit sie eher heute als morgen an die heimische Staatsbürgerschaft kommt. Denn so seltsam das klingen mag, sie hätte gerne eine!"

Er fragte: „Im Ernst?"

Sie sang bereits fröhlich „Heimat bist du großer Söhne und Töchter ...", als wir alle gemeinsam zu ihrem Taxi marschierten. Ein Hauch von Maiaufmarsch umwehte uns, als wir dann auch noch „Avanti popolo ..." anstimmten. Dann gab sie Fink den Schlüssel für den Mercedes, in dem die Dokupil am Sozius Platz nahm und Guttmann hinten.

Den Koffer der Dokupil, in dem das Bargeld war, behielt ich bei mir, da es zu keinem Verfahren gegen den Bezirksvorsteher kommen würde und der Koffer daher als Beweis unbrauchbar geworden war. Und wer weiß, was sie in ihrem Rausch damit angefangen hätte – das Geld sinnlos hinausgeworfen vielleicht? Bei mir hingegen war es sicher. Geld bedeutete mir nichts. Jedenfalls, solange ich keines hatte.

Jacky begleitete mich zu meinem mintgrünen Datsun, der ihr sehr gut gefiel. „Geile Farbe!“ Es war ein anderes Grün als das im Herzen der Finsternis, dem kongolesischen Dschungel, aus dem sie stammte und wo sie Klavierspielen gelernt hatte, oben im Baum einer Hexe.

Ich öffnete ihr galant die Türe und sie stieg ein, ich setzte mich neben sie hinter das Steuer des Japaners und startete den Motor. Sie grinste wie ein Mondkalb und schaute mir auf die Hose, legte eine Hand darauf und begann daran herumzumassieren.

Sie sagte: „Drück mal ein bisschen aufs Gas, Rocky!“ Und bevor ich mich noch darüber aufregen konnte, dass sie „Rocky“ zu mir gesagt hatte, sagte sie schon: „Jaja, ich weiß. Du heißt nicht Rocky wie das Felschen, du heißt Rock wie der harte Schwanz in deiner Hose.“

Ich präzisierte: „In meiner original grünen Rapid-Hose *Meistermannschaft 1982*.“

Währenddessen tropften neue Fotos von Willi bei mir aufs Phone, und dazu schrieb er mir: „Ich habe die roten genommen! Und jetzt?“

„Jetzt nimm noch ein paar grüne!“

„Und dann?“

„Was weiß denn ich!“

Nach diesem bisher schönsten Teil des Tages fragte ich Jacky, ob sie nicht ein bisschen für mich zaubern könnte. Ich griff nach dem halbverfaulten Ohr in meinem Herrenhandtäschchen, zeigte es ihr, und sie sagte: „Iiiih!!“

Ich gab ihr recht, was den Zustand des Ohrs anging. „Aber der, dem es gehört, ist noch viel ekelhafter. Er ist Investor und möchte an das Haus meines Freundes Lemmy heran, mit brutalsten Balkanmethoden. Wer weiß, ob er ihn nicht entführt hat, um ihn zur Übergabe des Hauses zu zwingen? Das Haus, in dem mein Freund Ringo wohnt, hat er schon, und Ringo liegt jetzt im Krankenhaus. Wer weiß, ob er sein rechtes Bein behalten wird, das linke ist schon ab. Wer weiß, ob er überhaupt noch lebt. Also kannst du dafür sorgen, dass er ...“ Ich gab ihr das Ohr.

Jacky prüfte, ob es für einen Zauber taugte. Sagte: „Wer weiß, wer weiß.“ Gab dann etwas Hühnerknochenmehl dazu, spuckte zweimal was Grünes darauf, rieb es zwischen ihren Beinen und murmelte ein paar kongolesische Verse. Dann nickte sie zufrieden und meinte, dass der Typ, dem das Ohr gehörte, pünktlich an dem Ort sein würde, an dem ich ihn haben wollte.

„Sicher?“

„Ganz sicher.“

Ich gab ihr einen nassen Kuss, und sie erwiderte ihn.

***

Es war halb fünf Uhr nachmittags, als wir mit dem Bargeldkoffer die Tribüne der Trabrennbahn Krieau betraten. In spätestens einer halben Stunde würden wir sehen, ob Jackys Zauber gewirkt hatte. Da müsste Altpernstein hier auf der Matte stehen.

Bis dahin hatte ich Wichtigeres zu tun. Irgendwo hier musste die Wettannahme sein. Ah, hier war sie schon! Zielsicher steuerte ich sie an, mit Jacky im Schlepptau. Sie fand das sehr aufregend, und ich auch.

Während der Fahrt hierher und während Jacky mich massiert hatte, während ich also eine kleine Ahnung vom Paradies bekommen hatte, hatte ich interessanterweise auch immer wieder an den Koffer und an das Geld, das darin war, gedacht und gemerkt, wie selbst mich, den aufrechten Kommunisten, das Geld beschäftigte. Plötzlich hatte ich gedacht: Mehr! Mehr! Mehr! Und ich hatte gemerkt, dass auch Jacky das dachte, als sie mich massierte, denn immer öfter schaute sie dabei den Koffer an und nicht mein Teil. Im Unterschied zu mir wäre sie aber schon mit dem Inhalt des Koffers zufrieden gewesen, schließlich kam sie aus bitterster Armut, und da weiß man schon die Kleinigkeit von hundertfünfzigtausend Euro zu schätzen.

Ich aber hatte plötzlich so eine Idee gehabt, wie wir aus dem ganzen Bargeld, das ich an mich genommen hatte, noch viel mehr Bargeld machen könnten. Genau genommen würde ich den Betrag verdoppeln. Dieses eine Mal wollte ich es wie die Reichen machen: ohne Arbeit, ohne krummen Rücken, ohne dass man sich nachher deswegen duschen müsste. Und Jacky hatte lange genug Maniok gegessen, als dass sie die Aussicht auf Reichtum ohne Arbeit nicht locken würde.

Ich erzählte ihr also von der sicheren Wette auf *Family Hero*, dem Würschtel, das um kurz nach 17:10 Uhr mit einer Quote von 1:2 als sicherer Sieger durchs Ziel laufen würde. Über den Eigentümer des Pferdes erzählte ich ihr nichts.

Ich merkte eine Gier in ihren Augen, die noch größer zu sein schien als meine eigene. Plötzlich war sie mir deswegen unsympathisch, aber noch unsympathischer war ich mir selbst!

Am Ende war ich froh, dass mich niemand dabei beobachtete, wie ich am Wettschalter das Geld hinüberschob und versuchte, mit Geld Geld zu machen.

„Die ganzen hundertfünfzigtausend auf *Family Hero*?", fragte die Wettlady erstaunt, nachdem sie die Scheine durch den Zähler hatte laufen lassen. Und ich sagte: „Die ganzen."

Wir gingen zurück auf die Tribüne, wo der Rest der Ausflugsgemeinschaft eingetroffen war: Fink mit der

Dokupil und Guttmann. Guttmann wollte für die Dokupil eine Wette platzieren, ganz dicke Hose, und schaute mich flehend an, weil er dafür Geld gebraucht hätte, das er aber nicht hatte. Ich wiederum würde erst in geschätzten zwanzig Minuten in Geld schwimmen, sobald mein Außenseiter *Fanny Bunny* als Erster ins Ziel gekommen sein würde. Enttäuscht von Guttmann schleppte die Dokupil plötzlich Fink zum VIP-Bereich, wo sie sich eine Flasche Champagner holen wollte.

Schließlich entdeckten wir die *Riot Pussies*, die Kubelka in ihrer Mitte hatten. Er war eine pflegeleichte Geisel, denn sie mussten ihn nicht einmal fesseln oder ihm eine Bleispritze ins Kreuz drücken. Es genügte, dass sie ihn hin und wieder streng anschauten.

Wir trafen uns in der Mitte der Tribüne, und ich begann den Talk: „Na?"

Die eine von ihnen, die größte und die mit den meisten Muskeln an den Knochen, antwortete: „Na was? Hast du das Arschgesicht bei dir oder nicht?"

Ich schaute mich sorgenvoll um, denn es war schon kurz vor fünf. Jacky aber grinste fröhlich und zuversichtlich, während sie an Altpernsteins Ohr herummassierte.

Statt des Investors kam aber nur Lovegod mit seinen blutunterlaufenen Augen und dem breiten Grinsen auf die Tribüne. Das Gold an seinen Zähnen gefiel Jacky, denn sie lächelte ihn irgendwie geil an. War das die natürliche Anziehung unter Afrikanern? Beinahe vergaß sie, weiter am Ohr zu kneten, womit sie, so hatte sie es mir erklärt, den dazugehörenden Körper steuern könnte.

Ich verlor beinahe meinen Glauben an ihren Zauber, als dann aber Altpernstein doch noch wie ferngesteuert angewackelt und sogar zielsicher in unsere Richtung kam, mit einer Hand gegen den Verband drückend, der die Wunde an seinem Ohr bedeckte. Er wusste nicht so recht, wie ihm geschah, als es ihn immer weiter zu uns herdrängte, beziehungsweise war es Jacky, die ihn immer weiter zu uns herzog, indem sie ruhig an seinem Ohr herumdrückte.

Endlich fragte er mit einiger Verzweiflung in seiner Stimme: „Verdammt, was ist das?"

Jacky rieb breit grinsend weiter an seinem Ohr und er wich zurück. Dann rieb sie in die andere Richtung und er kam wieder näher.

„Ich komme mir wie ferngesteuert vor!", jammerte er. „Was wollt ihr von mir?"

„Also, pass auf", sagte ich. „Es geht um Folgendes ..."

Während ich ihm alles erklärte – dass er nämlich Lemmy mit seinem Haus in Ruhe lassen sollte, den Mietvertrag der *Riot Pussies* unangetastet lassen müsse und überhaupt seine Tätigkeit als Scheißinvestor einzustellen hätte –, begann das Rennen, und ich hatte keinen Kopf mehr für die Formalitäten.

Family Hero, sein Hengst, der mal eine Stute gewesen war, setzte sich gleich an die Spitze, und dahinter lief überraschend *Fanny Bunny*, die eigentlich mein Pferd war und die Richie Rich als lahm beschrieben hatte, dicht an seinem Arsch. Gestern hatte ich noch auf ein Wunder gehofft, dass das *Bunny* nämlich überraschend gewinnen würde und mir den Zehner, den ich bei Richie platziert hatte, verachtzehnfachen würde. Aber nun hoffte ich, dass sich der lahme Gaul die Überraschung sparen würde, denn schließlich war es ein Unterschied, ob man mit dreihunderttausend nach Hause ging oder mit hundertachtzig Euronen.

Das Rennen ging in die erste Kurve, als Altpernstein bereitwillig in alles einwilligte, wenn nur der Spuk, der Zauber, der Wahnsinn in seinem Leben ein Ende hätte.

Und ich war bereit, zu Gott zu beten, wenn nur *Fanny Bunny* endlich einbrechen und *Family Hero* gewinnen würde.

Die Pferde bogen in die Zielgerade ein, immer noch in der Reihenfolge, die ich haben wollte, aber mit *Fanny Bunny* hart am Arsch von *Family Hero*, als Fink mit einer Flasche Champagner, die Frau Dokupil noch aus ihrer Handkassa bezahlt hatte, auf die Tribüne kam und sich nach ganz vorne zu uns gesellte. Die Pferde waren keine zwanzig Meter von uns entfernt, keine zehn Meter, keine fünf ...

Er köpfte die Flasche und der Korken flog in Richtung der Rennbahn, traf *Family Hero* ins rechte Auge, als der Gaul keine zwei Meter an uns vorbeitrabte. Plötzlich bog er nach rechts ab und lief direkt in die Begrenzungsmauer, wo er sich mitsamt dem Fahrer im Sulky überschlug. *Fanny Bunny* zog an ihm vorbei und – verdammt!

***

Ich habe dann noch lange „Fiiiiiink!“ geschrien und „Du Idiot!“. Bis ich ganz alleine auf der Tribüne war, nur die Aufräumfrau war noch da. Sie schob mich zur Seite, als sie die auf den Boden geworfenen Wettscheine wegkehrte und sagte: „Mal du gewinnst, mal du verlierst. Ist so in Leben. Aber du verlieren oft, oder?“ Sie kam aus Moldawien, wie sie sagte, und fühlte sich als Siegerin, weil sie hier den Dreck wegräumen durfte. „Meine Schwester muss Beine breit machen in Ungarn, was ist wirklich scheiße, weil Ungarn ist nicht einmal wirklich Westen.“

Jacky war dann einfach mit Lovegod abgebogen. Sie hatte in ihm die größere Chance auf eine erfüllende Zweierbeziehung erkannt als in mir, weil er die größeren Goldzähne hatte und einen Firebird, während ich nur einen Japaner fuhr. Am Ende lief es bei den Ladys, auch wenn es mit gutem Sex anfing, immer darauf hinaus, dass ihnen der Schotter wichtiger war als guter Sex. Immer.

Ich hoffte nur, dass sie nicht irgendetwas von mir mitgenommen hatte, womit sie mir Probleme bereiten konnte: ein paar Schamhaare vielleicht oder ein paar von meinem Kopf. Worauf ich noch stolz war, das war mein dichtes, volles Haar. Wenn es mir überraschend ausfallen würde, was hätte ich dann noch?

Ich rief die Biene an, aber die ging nicht ran. Ich hörte sie trotzdem sagen: „Meinen Arsch kriegst du nicht, verpiss dich!"

Ich rief Willi an, aber der ging auch nicht ran. Ich hörte ihn trotzdem schwer atmen, sich an die Brust fassen, in Todesangst nach mir rufen, weil er zu viele blaue Pillen auf einmal genommen hatte.

Ich rief Kubelka an.

Ich schrie: „Giiina!"

Jetzt, wo *Fanny Bunny* satte hundertachtzig Euro für mich gewonnen hatte.

Lass dich feiern, *Fanny Bunny*!

Immerhin fand ich dann meine Schlüssel in der Arschtasche meiner Rapid-Hose und ging damit zum Datsun. Ich stieg ein, startete ihn und fuhr nach Hause. Das Geld, das ich für Ringo gewonnen hatte, würde ich ihm morgen bringen, sobald ich wusste, in welchem Krankenhaus er lag. Falls er noch in einem Krankenhaus lag und noch nicht in einem Kühlschrank!

Nach einer halben Stunde Fahrt parkte ich mich vor Lemmys Türe ein, vor der immer noch das mobile Scheißhaus stand. Über der Türe hing noch die rote Fahne. Erster Mai.

„Wir sind die Arbeiter von Wien!"

Das war mal was.

Ich stieg aus und ging um das Scheißhaus herum. Dann riss ich die rote Fahne herunter und knüllte sie zusammen. Ich klopfte an die Türe des Scheißhauses, aber niemand meldete sich. Ich öffnete die Türe und sah Lemmy.

Er schaute mich an und fragte: „Hast du Klopapier?"

Ich reichte ihm die rote Fahne und trat ein. Dann verschloss ich die Türe hinter mir, zündete für uns beide einen fetten Ofen an und sagte: „Rutsch mal ein Stück rüber."

Manfred Rebhandl
Sommer ohne Horst
Rockenschaub löst auf alle Fälle alle Fälle
232 Seiten
HAYMON taschenbuch 282
ISBN 978-3-7099-7929-7

Superschnüffler Rock Rockenschaub freut sich auf einen chilligen Sommer im Ottakringer Bad. Ladys eincremen, Joints drehen und beim Herrengedeck entspannen. Am besten geht das mit Buddy Bademeister Horst, dem Meister des Sonnenöls. Mit ihm wäre Rocks Sommer perfekt – bis die denkbar größte Katastrophe eintrifft: Horst ist plötzlich verschwunden! Rock macht sich auf die Suche und findet heraus, dass sein Freund im Gefängnis sitzt, weil ihn eine bloggende Lehrerin gigantischer Ausmaße der Vergewaltigung bezichtigt. Als wäre das nicht schon Drama genug, wird der Schlauch, ein nigerianischer Drogendealer und Junkie-Kardinal, ermordet und entmannt in einem Obdachlosenheim aufgefunden. Doch die größte Gefahr für Rock ist immer noch Willi das Schwein, dem nach und nach alle seine Kartenspieler beim Männerkränzchen wegsterben. Rock muss sich etwas einfallen lassen, um diesen verrotzten Sommer noch irgendwie zu retten.

„In ‚Sommer ohne Horst' passt alles. Bis auf die zu engen Badehosen, die Männer so gern tragen …"
Peter Pisa, Kurier

MIX
Papier aus verantwortungsvollen Quellen
FSC® C083411

Auflage:
4 3 2 1
2025 2024 2023 2022

HAYMON tb **298**

Originalausgabe

www.haymonverlag.at

ISBN 978-3-7099-7946-4

Inhaltliche Betreuung: Haymon Verlag / Nina Gruber
Lektorat: Verena Zankl
Projektleitung: Haymon Verlag / Lisa-Marie Holzknecht
Buchinnengestaltung nach Entwürfen von himmel.
Studio für Design und Kommunikation, Innsbruck / Scheffau – www.himmel.co.at
Gestaltung und Illustration Cover: Nana Swiczinsky
Satz Umschlag: Karin Berner
Satz: Da-TeX Gerd Blumenstein, Leipzig
Autorenfoto: Maximilian Lottmann

Gedruckt auf umweltfreundlichem,
chlor- und säurefrei gebleichtem Papier.